W0466891

Felix Huby

Backsteinhaus
Zufahrt zur Autobahn
Autobahn
Geheimgang
Hier hat die Alte Position bezogen
Lagerschuppen
Ausstieg Narbengesicht
Fahrstrasse
Rangierkreis
Laderampe
Wasserpumpe
Schlagbaum
eh

Felix Huby

Paul Pepper und der Mann im Hintergrund

Franckh'sche Verlagshandlung
Stuttgart

Zwei Zeichnungen von Eva Hohrath

Umschlagtypographie und -illustration von Atelier Held + Rieger, Fellbach

CIP-Kurztitelaufnahme der Deutschen Bibliothek

Huby, Felix:
Paul Pepper und der Mann im Hintergrund / Felix
Huby. – Stuttgart : Franckh, 1985.
ISBN 3-440-05539-6

Franckh'sche Verlagshandlung, W. Keller & Co., Stuttgart / 1985

ISBN 3-05539-6 / L 9sl H vk
Printed in Czechoslovakia / Imprimé en Tchécoslovaquie
Satz: G. Müller, Heilbronn
Gesamtherstellung durch Artia, Prag

Paul Pepper und der Mann im Hintergrund

Die Hauptpersonen

Paul Pepper, 58. Der Privatdetektiv wohnt in einem alten Salonwagen der früheren Reichsbahn. Die seltsame Behausung steht mitten in einem Garten – die *Grüne Idylle* genannt. Pepper ist früher einmal zur See gefahren – siebzehn Jahre lang und mindestens zwanzigmal rund um den Erdball. Eine Zeitlang war er auch bei der Polizei, aber dort hatte man ihn nicht behalten wollen, weil seine Methoden ziemlich ungewöhnlich waren. Jetzt arbeitet er als Privatdetektiv. Doch es ist nicht einfach für ihn – junge, fixere Kollegen schnappen ihm immer wieder die dicksten Brocken weg. Indessen sind da noch Pit, Jonny und Arnica, und mit ihnen gemeinsam ist Pepper jeder Konkurrenz, manchmal sogar der Polizei, überlegen.

Peter Küster, genannt Pit, ist ein ruhiger, nachdenklicher Junge von 16 Jahren. Seine Eltern sind geschieden. Seitdem lebt Pit mit seiner Mutter allein und muß eine ganze Menge Verantwortung tragen. Seine besonderen Leidenschaften sind Fotografieren und Kajakfahren. Sein Boot hat er sich selber gebaut. Für sein Alter ist Pit ziemlich stark. Er ist ein guter Sportler, aber er ist nicht sehr redegewandt.

Arnica, 14. Ihre Eltern nennen Arnica einen ›Teufelsbraten‹. Sie hat hauptsächlich Unsinn im Sinn und ist – so gesehen – das ganze Gegenteil von Pit. Arnica wohnt nicht weit von Pepper und Pit, allerdings in einer Gegend, in der Einfamilienhäuser und schicke Bungalows stehen. Ihr Vater ist ein hohes Tier beim Gericht und schon deshalb mit den Extratouren seiner Tochter nicht einverstanden. Arnica besucht nicht nur die gleiche Schule wie Jonny, sie geht auch noch in die gleiche Klasse.

Jonny, 14. Er ist der umtriebigste im Team. Immer auf Achse, immer am Reden und Rechnen. Er führt die Geschäfte, stellt Kontakte her, horcht Leute aus, erfindet Tricks, sprudelt über vor Einfällen und schießt regelmäßig übers Ziel hinaus. Sein Vater ist Journalist und Schriftsteller, seine Mutter hat eine kleine Galerie, und da beide Eltern immer unglaublich beschäftigt sind, hat Jonny viele Freiheiten, die er weidlich ausnutzt. Er ist der Clown und das Mitglied der Truppe, das die anderen immer wieder aufrichtet, wenn sie ihre Köpfe hängen lassen. Jonnys Vater (Jonny heißt übrigens bürgerlich Johannes) ist ein vielbeschäftigter Mann. Doch wenn ihn die Kinder einmal brauchen, stellt er sich immer als Berater zur Verfügung. Manchmal springt dabei natürlich auch eine Geschichte für seine Zeitung heraus.

Frau Küster ist Pits Mutter, eine ruhige, liebenswerte Frau, bei der man immer Rat und Zuflucht findet.

Kriminalhauptkommissar Rübenach, von den Kindern **Rübezahl** genannt, ist ein ziemlich grobschlächtiger Typ, nicht unsympathisch, von rauhbeiniger Herzlichkeit. Doch gegen Privatschnüffler hat er etwas. Für ihn kommt es gar nicht in Frage, daß andere sich in die Arbeit der Polizei einmischen. Und wenn sie dann womöglich noch erfolgreicher sind als er selbst, wird er fuchsteufelswild.

Marie Luise Scheringer, 81, Kioskbesitzerin und Märchenerzählerin. Sie betreibt ihren kleinen Laden, in dem es von Lakritzstangen bis zum Kunstdünger alles gibt, in einer ehemaligen Baracke. Der Holzschuppen ist völlig mit Efeu eingewachsen. Seit 14 Jahren will die Stadt an dieser Stelle einen Verwaltungsbau errichten, aber Frau Scheringer, die von allen liebevoll nur ›Die Alte‹ genannt wird, hat sich bisher erfolgreich widersetzt, wobei ihr Jonnys Vater kräftig geholfen hat. Für ›Die Alte‹ gibt es nichts Schöneres als einen neuen Fall. Dann lebt sie unheimlich auf, kombiniert, denkt mit, hat überraschende Ideen, ganz wie ihr Vorbild Miß Marple, der sie leider nicht nacheifern kann, weil sie nicht mehr gut genug zu Fuß ist.

Das Geheimnis der Baracke

»Wenn ich den erwische, der da dahintersteckt, zieh' ich ihm die Ohren lang, bis er aussieht wie ein Breitmaulfrosch!«
Marie Luise Scheringer hatte vor Zorn einen hochroten Kopf. ›Die Alte‹, wie sie von ihren Freunden liebevoll genannt wurde, geriet nur selten in Wut, und so böse hatten sie Pit, Jonny und Arnica überhaupt noch nie erlebt.
»Das ist jetzt schon das dritte Mal in dieser Woche!« schimpfte sie. »Meine Kunden sind nun mal gewohnt, daß sie morgens ab sieben Uhr ihre Zeitung bei mir kriegen.«
»Werden die Zeitungen denn nicht mehr rechtzeitig geliefert?« fragte Pit.
»Ach was – gestohlen werden sie!«
»Gestohlen?« Die drei Kinder fragten wie aus einem Mund.
»Ja. Der Zeitungsfahrer bringt die Pakete zu einem bestimmten Punkt – für mich ist das vorne die Ecke am Asternweg – und dort holen die Einzelhändler aus der Nähe ihre Pakete ab und machen dann ihre Tour.«
»Aha!« Pit konnte sich den Rest schon zusammenreimen. »Der Fahrer legt sie dort planmäßig ab, aber wenn Sie und Ihre Kollegen kommen, sind die Pakete verschwunden.«
»Genau!« Frau Scheringer hatte sich schwer auf das Ablagebrett vor dem Verkaufsfenster ihres Kiosks gestützt.
»Der Zeitungsgrossist sagt, er habe ordnungsgemäß geliefert, und deshalb solle ich die Zeitungen auch bezahlen – egal, ob ich sie bekommen habe oder nicht!«
Arnica schüttelte ihren Kopf, daß die langen blonden Locken hin- und herflogen. »Das verstehe ich nicht. Was macht einer mit so vielen Zeitungen?«
»Verkaufen«, meldete sich Jonny, »ist doch klar!«
»Aber wo?«
»Am Bahnhof, in der Fußgängerzone, in Lokalen, was weiß ich.«

»Na – der wäre aber leicht zu finden«, meinte Arnica, »schließlich weiß ja der Zeitungsgroßhändler, an wen er liefert.«
»So einfach ist das nicht«, sagte die Alte, die sich langsam wieder beruhigte. »Die Kerle – ich glaube nämlich, daß es mehrere sind – ändern immer wieder ihre Standorte. Mal sind sie hier, mal in Köln, mal in Düsseldorf. In Hamburg haben sie schon ihr Unwesen getrieben, aber auch in München und Stuttgart. Die suchen sich immer große Städte aus und da auch immer wieder andere Viertel. Bis die Händler die Polizei einschalten, ist die Bande jedes Mal schon wieder wie vom Erdboden verschwunden.«
»Kein schlechter Trick«, sagte Jonny mit Anerkennung in der Stimme.
Die Alte schnaubte durch die Nase.
»Die Diebe sind also clever, beweglich und Frühaufsteher.« Pit hatte den Zeigefinger an die Nase gelegt, wie immer, wenn er nachdachte. »Unkosten haben sie keine. Der Verkaufserlös ist auch gleichzeitig der Gewinn. Wenn einer am Tag nur hundert Zeitungen für eine Mark verkauft, hat er glatt einen Hunderter verdient.«
»Aber manchmal sind ja auch viel teurere Illustrierte und Magazine dabei«, rief die Alte, die schon wieder der Zorn packte, »und Comic-Hefte. An guten Tagen verdient der mehr als fünfhundert Mark!«
»An guten Tagen für ihn.« Arnica mußte lächeln. »Für die Zeitungshändler sind das dann ja wohl ausgesprochen schlechte Tage.«
Aber Frau Scheringer war zu sehr mit ihren eigenen Gedanken beschäftigt, um den leisen Spott herauszuhören.
»Nun spielt ihr doch jahraus, jahrein Detektiv – da könnt ihr mal zeigen, was in euch steckt!«
»Aber Sie sind doch die Oberdetektivin!« rief Jonny.
»Wenn's um die kleinen grauen Zellen geht, ja!« Frau Scheringer klopfte mit den Fingerknöcheln gegen ihre Stirn. »Aber ihr werdet ja von einer immerhin einundachtzigjährigen Frau nicht

erwarten, daß sie sich nachts auf die Lauer legt und einem Zeitungsdieb nachrennt!«

So einfach, wie sich's die alte Frau Scheringer vorstellte, war es für die drei natürlich nicht, den Zeitungsdieb aufzuspüren. Immerhin war jeden Tag Schule. Pit, Jonny und Arnica brauchten ihren Schlaf und konnten sich nicht ganze Nächte um die Ohren schlagen.

Natürlich hatten die Zeitungshändler auch die Polizei eingeschaltet. Nachts fuhren die Streifenwagen jetzt öfter an den Verteilerstellen vorbei, aber die Diebe waren gewitzt genug, den patrouillierenden Polizisten aus dem Weg zu gehen.

Der Samstag war schulfrei. Pit, Jonny und Arnica machten an langen Wochenenden öfter einmal Ausflüge. Und so hatten die Eltern auch diesmal nichts einzuwenden, als die drei ihre Siebensachen packten und verkündeten, sie wollten bis Sonntagabend unterwegs sein. Ihr Gepäck und ihre Räder stellten sie bei Paul Pepper ein.

Pepper war ein stiller Mann um die sechzig, der seinen Lebensunterhalt als Privatdetektiv verdiente. Er wohnte in einem Eisenbahn-Salonwagen der ehemaligen Deutschen Reichsbahn, den er in einem Garten abgestellt hatte. Das Gelände, auf dem das seltsame Gefährt nun für immer geparkt war, nannten Peppers Freunde die *Grüne Idylle,* und gehörte eigentlich der Stadt. Allzuviele Freunde hatte der wortkarge Detektiv freilich nicht – außer Pit, Arnica und Jonny zählten nur noch Pits Mutter, die alte Frau Scheringer und Jonnys Vater, der Zeitungsreporter Bergemaier, dazu.

Paul Pepper sah die jungen Leute aus seinen dunklen Augen grimmig an.

»Finde ich ja seltsam«, knurrte er, »warum hat mir die Alte nichts von der Geschichte erzählt?«

»Ich kann mir schon denken, warum«, rief Arnica. »Sie hätten

alles versucht, um dem Dieb oder den Dieben auf die Spur zu kommen.«
»Genau das, ja.«
»Aber die Alte hat nicht genug Geld, um einen Detektiv zu bezahlen.«
»Quatsch«, sagte Pepper ungnädig, »von ihr hätt' ich doch keine müde Mark genommen.«
»Eben!« Pit mußte grinsen.
»Was, eben?« Pepper sah den Jungen an. »Ach so, du meinst, sie will das nicht geschenkt haben?«
»Sie will Ihre Gutmütigkeit nicht ausnutzen«, sagte Jonny.
»Mann, macht ihr's kompliziert. Ich sitze zur Zeit sowieso nur in meinem Wagen herum und dreh' Däumchen.«
»Kein Fall?« fragte Pit.
»Nee. Mit der Zeit gerate ich wohl in Vergessenheit. Wer einen Detektiv sucht, schaut sich eben nach einem jüngeren Mann um.«
»Die alte Leier«, rief Jonny respektlos. »Dabei haben Sie allein im letzten halben Jahr drei große Fälle gelöst.«
Die Kinder kannten Peppers Klagelieder. Wenn er nicht mitten in einer wichtigen Fahndungsarbeit steckte, meinte er immer, er werde nicht mehr gebraucht.
»Ihr seht ja«, brummte der Detektiv, »nicht mal die Alte mag sich noch auf mich verlassen.«
»Wir gehen«, sagte Arnica. »Vielleicht kommt ja der neue Fall schneller, als Sie glauben.«
Sie verließen den alten Brummbär.
Es war kurz nach sieben Uhr am Freitagabend. Ein sonniger Spätsommertag ging zu Ende. Die Menschen schienen noch einmal alle ins Freie zu drängen, denn der heraufziehende Herbst war schon zu spüren. Jeder wollte die letzten warmen Abende noch genießen. Die Gartenwirtschaften waren voll besetzt, in den Straßencafés drängten sich die Leute. Mädchen und Jungen flitzten mit Rollschuhen und Skateboards durch die Fußgängerzone. Vor dem Denkmal des Stadtgründers zeigten

die besten Breakdancer der Umgebung zu rhythmischer Musik aus einem riesigen Kassettenrecorder ihr Können.

Pit, Jonny und Arnica bummelten langsam durch das Zentrum. Plötzlich stieß Jonny den älteren Freund mit dem Ellbogen in die Seite. »Dort, schau mal!«
»Wo?«
»An der Treppe zur Unterführung, der Zeitungsverkäufer!«
Arnica war ebenfalls stehengeblieben und starrte zu dem Jungen hinüber, der auf der obersten Stufe der Treppe saß und um sich herum säuberlich Zeitungen gestapelt hatte. Er war vielleicht siebzehn Jahre alt, hoch aufgeschossen und dünn und trug einen mit vielen Flicken verzierten Jeansanzug. Der junge Zeitungsverkäufer bot seine Ware nicht mit lauten Ausrufen an, sondern wirkte unbeteiligt und gleichgültig. Wenn jemand eine Zeitung kaufte, warf der Junge das Geld beinahe achtlos in eine Zigarrenkiste.
»Was sollen wir machen?« fragte Jonny aufgeregt.
»Nichts«, antwortete Pit, »wir wissen doch gar nicht, ob er etwas mit den Diebstählen zu tun hat.«
»Gib mir mal Geld!« Arnica hatte einen Entschluß gefaßt. »Ich gehe hinüber, kaufe eine Zeitung und seh' mir mal an, was er alles hat.«
Pit kramte in seinen Taschen und brachte ein Fünfmarkstück hervor. »Hast du selber kein Geld?« fragte er ärgerlich, »schließlich sind deine Eltern viel reicher als meine Mutter.«
»Hast du das nicht gewußt – von reichen Leuten kannst du das Sparen lernen. Komm du mal mit drei Mark Taschengeld die Woche aus!«
»Vor allem, wenn du die Kohle für Nagellack und Lippenstift brauchst«, warf Jonny ein, erntete dafür aber nur einen vernichtenden Blick des Mädchens, das sich danach rasch durch den Passantenstrom zur Treppe schlängelte.
Vor dem jungen Zeitungsverkäufer blieb Arnica stehen und musterte dessen Angebot.

»Hast du Asterix?« fragte sie nach einer Weile, nachdem sie genau festgestellt hatte, daß kein Heft aus der Comic-Reihe da war.
»Ausverkauft.« Der Junge hob nicht einmal den Kopf.
»Überhaupt keine Comics?«
»Nee, diese Woche nicht.«
»Schade!«
»Kauf' doch ›Bravo‹!« Zum ersten Mal sah der Junge auf.
»Nein, die mag ich nicht.«
»Was magste denn?«
»Comics eben!«
»Kinderkram!« Der Junge wandte seine ganze Aufmerksamkeit, wie es schien, seinen Schuhspitzen zu.
»Was liest du denn?« fragte Arnica.
Überrascht hob der Junge den Kopf. »Was geht das dich denn an?«
»Gar nichts – interessiert mich halt.«
»Ich les' Krimis – aber für Erwachsene!«
»Mhm.« Arnica überlegte, wie sie weitermachen sollte.
»Lebst du davon?«
»Vom Krimilesen?«
»Nee, vom Zeitungsverkaufen natürlich!«
»Sag' mal, was willst du eigentlich?« Der Junge stand nun auf. Er war gut einen Kopf größer als Arnica. Seine strähnigen blonden Haare fielen ihm tief ins Gesicht. Er blies dagegen an und schob schließlich die Strähne mit der Hand aus der Stirn, wobei er Arnica ärgerlich ansah.
»Ich red' halt gern«, sagte Arnica.
»Ja, das merkt man.«
»Also, was ist, lebst du davon?«
»Unter anderem.«
»Ist ja spannend«, rief Arnica.
»Was soll'n daran spannend sein?«
»Na ja, alle Jungs, die ich kenne, gehen noch zur Schule.«
Der Junge machte eine abfällige Handbewegung. »Schule!«

Arnica biß sich auf die Unterlippe. »Wie kriegt man denn so einen Job?«
»Man bewirbt sich halt.«
»Wo?«
»Willst du etwa auch Zeitungen verkaufen?«
»Sag' schon, wo muß man sich bewerben?«
»Bei einem Zeitungshändler. Der packt dir das Zeug auf 'ne Karre und schickt dich los. Am Abend sollteste den Kram möglichst verkauft haben.«
»Und du schaffst das?«
»Heute nicht. Siehste ja. Ist ja bald acht. Um halb neun mach' ich Schluß.«
»Und wo bringst du die Zeitungen hin, die übrig sind?«
»Zurück eben.« Er setzte sich wieder und begann, das Geld in der Zigarrenkiste zu zählen. Es war klar, daß für ihn das Gespräch beendet war.
Arnica überflog nochmals die Zeitungsstapel und rief dann: »Also, tschüs!«
»Das hab' ich gern«, brummte der Junge, »rumsabbeln und nichts kaufen!« Er sah auf die Uhr und begann, die Zeitungen in einen flachen, zweirädrigen Karren zu packen. Über die Schulter sah er Arnica nach.
»Wir gehen ihm nach«, sagte Pit eine Viertelstunde später, als der Junge die gebogene Deichsel des Wagens packte und mit mißmutigem Gesicht und langsamen Schritten wegging. Er durchquerte die Fußgängerzone, schob seinen Karren über einen geschwungenen Kiesweg des anschließenden Parks und erreichte schließlich eine enge Straße, die sich parallel zur Hauptstraße durch ein düsteres Viertel zog. Am Ende der Straße bog der Zeitungsverkäufer in eine Gasse ein, verließ sie aber schon bald wieder, überquerte ein Baugrundstück und erreichte eine Wellblechbude, die hinter einem Gebüsch dicht am Ufer des Kollenbachs stand. Der Kollenbach nahm seinen Weg vom Norden quer durch die Stadt bis zum Süden, war aber meistens überbaut und lief dort durch Betonröhren. Wo er ans Tages-

licht trat und durch das begradigte Flußbett plätscherte, strömte er einen unangenehmen Geruch aus.

Pit, Jonny und Arnica hatten dem Jungen gut folgen können, denn der Zeitungsverkäufer hatte sich kein einziges Mal umgesehen. Jetzt schob er seinen Wagen über einen geschotterten Weg zu der Wellblechbaracke hinunter und ließ die Deichsel los, die sofort nach oben schnalzte. Scharrend schob sich die hintere Holzkante des Wagens in den Kies.
Der Junge zog ein Päckchen Zigaretten aus der Tasche, steckte sich lässig eine in den Mundwinkel und zündete sie an. Er hustete ein wenig, wie jemand, der das Rauchen nicht gewöhnt ist.
Pit, Jonny und Arnica hatten sich hinter einer Regenrinne dicht an eine Hauswand gedrängt und verfolgten, was der Junge tat. Er sah sich jetzt hastig um, nahm einen Zeitungspacken und rannte auf einen blauen Kastenwagen zu, der hinter der Baracke abgestellt war. Er öffnete die hintere Tür, warf den Pakken hinein, spurtete zu seiner Karre zurück und holte noch ein zweites, fest verschnürtes Zeitungspaket. Dann schloß er behutsam die Tür des Kastenwagens und kehrte zu seiner Karre zurück. Er packte die Deichsel und zog den zweirädrigen Wagen zur Längsseite der Baracke.
»Ihr bleibt hier!« zischte Pit und schlich geduckt über die Böschung hinunter. Er konnte gerade noch sehen, wie der Junge seinen Handkarren neben eine ganze Reihe anderer schob und lässig qualmend durch eine Tür in der Blechhütte verschwand.
Pit kehrte zu seinen Freunden zurück. Sie versuchten, möglichst nahe an die Wellblechbaracke heranzukommen.

Der Zeitungsjunge hatte die Tür hinter sich zugezogen. Er ließ die brennende Zigarette von einem Mundwinkel zum anderen laufen, ohne dabei eine Hand zur Hilfe zu nehmen.
»'n Abend«, sagte er.
»'n Abend, Petro«, sagte ein dicker, kleiner Mann mit einem mächtigen, runden Kopf und fettem Hals.

Der Zeitungsjunge hieß nicht Petro, sondern Peter, aber Gonzales, wie sich der Chef nannte, liebte spanische und italienische Namen. Er selbst hieß übrigens keineswegs Gonzales, sondern Herbert Gonzheimer, und er stammte auch nicht etwa aus Spanien oder Südamerika, sondern aus Frankfurt.

»Wie waren die Geschäfte?«

»Sie hätten besser sein können, aber auf meinem Wagen waren nur zehn Exemplare von der ›Woche‹ und nur fünf vom ›Blitz‹.«

»Unmöglich!«

Peter sah sich um. Die anderen Jungen saßen an einem langen Tisch auf einfachen Bänken. In der Mitte des Tisches stand eine große Teekanne. Auf einem Teller lagen belegte Brote.

»Ich war nicht dabei, als die Karren beladen wurden«, sagte er.

»Wieviel hast du eingenommen?«

»Zweihundertvierundachtzig Mark.«

»Gib her«, trompetete Gonzales.

»Soll ich meinen Anteil gleich abziehen?«

»Was fällt dir ein?«

Peter kippte die Zigarrenschachtel aus. Ein paar Münzen rollten über den Tisch und fielen klirrend auf den Steinfußboden.

»Aufheben!« befahl Gonzales.

Keiner der Jungen rührte sich.

»Wird's bald!« bellte der Dicke.

Eine bedrohliche Stille breitete sich in der Baracke aus.

Ein kräftiger Junge, der ungefähr ein Jahr älter war als Peter, sagte nach einer Weile: »Wir wollen zwanzig Prozent!«

»Was ist los?« Gonzales fuhr herum und ging mit ein paar kurzen, stampfenden Schritten auf den Jungen zu.

»Francesco hat recht«, sagte Peter und spuckte ein paar Tabakkrümel auf die Erde. Francesco hieß in Wirklichkeit Franz.

»Ist das eine Verschwörung, oder was?«

»Von allem zwanzig Prozent«, sagte Franz.

»Ihr müßt verrückt geworden sein. Jeden von euch, jeden einzelnen, habe ich aus dem Dreck gezogen. Durch mich habt ihr Unterkunft, Kleidung, Geld.«

»Aber wir brechen für Sie auch Automaten auf oder Autos, klauen Zeitungen, schlagen Schaufenster ein. Wenn einen von uns die Bullen erwischen, hagelt es mindestens drei Jahre Jugendstrafanstalt!«
Peter legte dem Jungen, der gerade gesprochen hatte, die Hand auf die Schulter.
»Giovanni hat recht!« – Giovanni hieß eigentlich Hans. »Sie zwingen uns – wir haben keine andere Wahl. Aber wenn wir alle zusammenhalten, können wir auch ganz gut ohne Sie zurechtkommen, Gonzales.«
»Für dich immer noch ›Señor Gonzales‹, du Ratte!«
Peter ließ die Zigarette aus dem Mundwinkel fallen und zertrat sie mit dem Fuß auf dem Boden. Das hatte er einmal in einem französischen Gangsterfilm so gesehen.
»Zwanzig Prozent, Señor Gonzales!«
»Aber das wäre das Vierfache!«
»Das *ist* das Vierfache, Señor!« sagte Franz.
»Und wenn ich nein sage?« Gonzales atmete jetzt heftig. Dicke Schweißtropfen standen in seinem Gesicht, einer saß ganz vorne auf der Nasenspitze. Er mußte jeden Augenblick auf sein weit vorgeschobenes, dickes Kinn hinunterstürzen.
»Wie gesagt, wenn Sie nein sagen, arbeiten wir ohne Sie!«
Gonzales stieß ein schepperndes Gelächter aus.
»Gernegroß!« Er schlug mit der flachen Hand auf den Tisch. »Hinter mir steht eine Organisation. Gut, wir erwirtschaften Woche für Woche 15000 Mark und mehr. Aber jeder von euch bekommt hundert Mark die Woche. Und das in eurem Alter! Und für Unterkunft und Essen zahlt ihr keinen Pfennig!«
»Ich such' mir selber eine Bleibe«, rief ein Junge dazwischen.
»Ja, das würde dir so passen. Vorher übergebe ich euch alle der Polizei!«
»Oder umgekehrt«, sagte Peter, »wir könnten ja auch Sie den Bullen übergeben!«
»Ha, ha, das versucht mal. Für solche Meutereien ist vorgesorgt, das könnt ihr glauben. Wo gestohlen oder eingebrochen

wurde, sind eure Fingerabdrücke, es gibt Zeugen, die euch gesehen haben. Ich hab' keine Fingerabdrücke hinterlassen, und mich hat auch niemand gesehen. Und bis irgendein Polizist euch glaubt, bin ich längst irgendwo, wo mich keiner findet!«

Plötzlich herrschte Stille in der Baracke. Den Jungen wurde schlagartig klar, daß sie wohl doch nicht alles bedacht hatten. Alle sahen zu Peter und Franz hin. Einer der kleinsten sagte, wie zu sich selbst: »Bevor er uns drankriegt, bringen wir ihn um!«

Ein leises Raunen ging durch den Raum. Gonzales wurde bleich. Elf Jungen – daraus konnte man eine Fußballmannschaft machen oder eine Gangsterbande. Aber wenn sie gemeinsam einen bösen Gedanken faßten und sich dafür begeisterten, würde er ihnen wehrlos ausgeliefert sein.

»Moment mal«, sagte Herbert Gonzheimer mit gepreßter Stimme. »Einen Augenblick. Ich denke, wir sollten über eure Forderungen verhandeln.«

»Na also!« rief Hans, und er atmete genauso auf wie die anderen.

»Aber ich muß mit den Chefs reden«, sagte Gonzales, während er sich mit dem Jackenärmel den Schweiß abwischte.

»Gibt's die überhaupt?« fragte Franz.

»Aber sicher! Ich sage doch immer, wir gehören zu einer schlagkräftigen, weitverzweigten Organisation. Ihr seid alle miteinander nur klitzekleine Räder in dieser großartigen Maschinerie.«

»Gut. Sie geben uns dann morgen Bescheid«, sagte Peter, den Gonzales Petro nannte, und griff nach einem belegten Brot.

Pit, Jonny und Arnica hatten jedes Wort verstanden. Sie trafen sich an der Ecke der kleinen Gasse wieder.

»Was jetzt?« fragte Arnica.

»Wir müssen sofort mit PP reden.«

Auch die drei Freunde benutzten nur selten die tatsächlichen Namen. Jonny hieß in Wirklichkeit Johannes Bergemaier, Pit war auf den Namen Peter Küster getauft. Die Alte hieß richtig Marie Luise Scheringer. Und wenn von Paul Pepper die Rede war, sprachen die Freunde von PP. Nur Arnica hieß auch in Wirklichkeit Arnica.

Ein verhängnisvoller Fehler

Paul Peppers Pfeife war schon lange ausgegangen, aber er hielt sie immer noch fest zwischen den Zähnen. Frau Scheringers Stricknadeln ruhten still in ihrem Schoß. Pit hatte berichtet, knapp, klar und präzise.
»Aber das ist doch entsetzlich!« rief die Alte jetzt. »Der zieht die jungen Leute immer weiter ins Verbrechen hinein.«
»Genau das ist seine Absicht!« bestätigte Pepper. »Dieser Gonzales verfolgt einen ganz miesen Plan. Und je eher man ihm das Handwerk legt, um so besser!«
»Und wie wollen Sie das machen?« fragte Arnica.
»Das ist Sache der Polizei. Wir müssen Rübezahl verständigen.«
Natürlich hieß auch Rübezahl nicht Rübezahl, sondern Rübenach. Er war Hauptkommissar bei der Fahndungsabteilung K 1 der Kriminalpolizei. Die Abteilung K 1 bearbeitete alle Kapitalverbrechen, aber in Sonderfällen kümmerte sich Rübezahl auch um andere Verbrechen und Vergehen. Und ein Sonderfall lag für ihn immer vor, wenn Paul Pepper und die Kinder damit zu tun hatten.
»Wenn Sie etwas von mir wollen, kommen Sie ins Präsidium, Pepper, ich bin heute länger im Büro – mindestens bis Mitternacht«, rief Rübezahl so laut ins Telefon, daß PP den Hörer einen halben Meter weghalten mußte. Alle im Salonwagen verstanden den Kommissar. Pepper zog den Hörer wieder zu sich

heran. »In Ordnung, Herr Rübenach, bis gleich!« Er legte auf. Eine Stunde später saßen Pit und Paul Pepper in Rübenachs Büro. Die Alte, Jonny und Arnica waren im Salonwagen zurückgeblieben. Rübezahl war unberechenbar, und wenn sie in ganzer Mannschaftsstärke bei ihm anrückten, kriegte er in der Regel prompt einen Wutausbruch.

Rübezahls Büro war mit einer häßlichen, grünen Ölfarbe gestrichen. Über seinem alten, mitgenommenen Schreibtisch baumelte eine Glühbirne mit einem winzigen grünen Schirm darüber, der wie eine zu kleine Kappe wirkte. Auf dem Tisch türmten sich in schiefen, unterschiedlich hohen Stapeln die Akten. Kommissar Rübenach saß weit in seinen Holzsessel zurückgelehnt und massierte die Nasenwurzel mit Daumen und Zeigefinger.

Pit hatte seinen Bericht, den er schon Pepper gegeben hatte, fast wortgleich wiederholt.

»Das paßt alles zu unseren bisherigen Ermittlungen«, sagte Rübenach ungewöhnlich freundlich. Er fuhr sich mit gespreizten Fingern durch sein rotes Haar, brachte es aber damit nur noch mehr in Unordnung. »Allerdings sind unsere bisherigen Ergebnisse noch sehr bruchstückhaft.« Rübenach legte das linke Bein auf die rechte Ecke seines Schreibtisches. »Man muß die ganze Meute hochnehmen.«

»Jetzt gleich?« fragte Pit.

»Tja, das ist keine einfache Entscheidung. Wir müssen nicht nur diesen Gonzales und die Jungen schnappen, sondern auch gleich möglichst viele Beweismittel finden.«

»Die jungen Leute werden ja geständig sein«, meinte Pepper.

Rübezahl winkte ab. »Die Aussagen von denen zerpflückt ein Rechtsanwalt doch wie nichts. Nachher sitzen die jungen Kerle im Knast, und die Drahtzieher kommen mit einem blauen Auge davon.«

Er legte nun auch das rechte Bein auf den Tisch. Ein Aktenstapel begann zu rutschen und kam erst an Rübenachs Knie zum Stillstand.

»Und was, glaubt ihr, lernen die Kerle im Gefängnis?« fuhr er fort. »Wie man noch schlimmere Verbrechen begeht, weiter nichts!«
Pepper wurde ungeduldig. Er kannte Rübenach. Und er wußte, wenn man den Kommissar nicht rechtzeitig stoppte, hielt er jetzt einen mindestens einstündigen Vortrag.
»In der Blechbaracke werden sie jetzt nicht mehr sein«, sagte er schnell.
»Aber morgen um die gleiche Zeit«, meinte Pit.
»Mhm«, Rübenach nickte. »Dann habe ich auch Leute genug, um blitzschnell zuzuschlagen.«
Der Kommissar nahm seine Beine vom Tisch. Die Akten begannen sofort wieder zu rutschen. Pit wollte sie aufhalten, aber Rübezahl winkte ab. »Laß mal, auf diese Weise kommt mal eine andere Akte nach oben und wird schneller bearbeitet!« Krachend landeten die Ordner auf dem Fußboden.
»Die hebe ich morgen auf. Jetzt ist erst mal Feierabend!«
Rübenach nahm seine Jacke von einem Nagel an seiner Bürotür. »Den Tag über lasse ich den Wellblechschuppen überwachen.«
Diese Entscheidung sollte sich allerdings als verhängnisvoller Fehler erweisen.

Kriminalmeister Merk und sein Kollege Maier hatten die Aufgabe bekommen, den Treff der ›Zeitungsjungen‹ zu überwachen. Sie hatten sich als Arbeiter des Straßenbauamtes verkleidet und täuschten vor, das Areal um den Schuppen neu zu vermessen.
Gonzales kam gegen elf Uhr und blieb verblüfft stehen. Es war noch keine vierzehn Tage her, da hatte schon einmal ein Meßtrupp des Straßenbauamtes an dieser Ecke gearbeitet. Gonzales stieß sich eine seiner dicken Zigarren zwischen die Zähne und machte kehrt. Dreihundert Meter weiter betrat er eine Telefonzelle. Er wählte die Nummer der Stadtverwaltung und ließ sich das Straßenbauamt geben.

»Tag«, sagte er, »ich wollte bloß mal fragen, wie oft Sie hier unten am Kollenbach noch das Gelände vermessen wollen?«
»Moment, ich verbinde weiter zum zuständigen Sachbearbeiter«, meinte die weibliche Stimme am anderen Ende der Leitung in übertrieben freundlichem Ton, der Gonzales auf die Nerven ging.
»Mehrsheimer«, meldete sich eine männliche Stimme, »ich höre von meiner Kollegin, Sie wollen sich wegen unserer Vermessungsarbeiten am unteren Kollenbach beschweren? Ich kann Sie beruhigen, wir haben diese Arbeiten letzte Woche abgeschlossen.«
»Endgültig?« fragte Gonzales.
»Aber sicher, die Ergebnisse liegen zur Auswertung vor mir auf dem Schreibtisch.«
»Na, dann is' es ja gut!« brummte Gonzales und legte rasch auf. Er hatte so heftig vor sich hingequalmt, daß er in der Zelle förmlich eingenebelt war. Jetzt trat er nachdenklich hinaus auf die Straße.
Gonzales zwang sich zur Ruhe. Langsam ging er auf die Wellblechbaracke zu. Er grüßte beiläufig die beiden vermeintlichen Vermessungstechniker und stieß die Tür zum Schuppen auf. Dabei fluchte er lautlos vor sich hin.

Um die gleiche Zeit rief Hauptkommissar Rübenach beim Straßenbauamt der Stadt an. Er wurde mit Amtmann Mehrsheimer verbunden.
»Ich wollte Ihnen zur Sicherheit nur sagen, daß wir mal wieder Ihr Amt und Ihre Arbeitskleidung ›mißbrauchen‹. Zwei meiner Leute müssen am unteren Kollenbach eine Beschattung durchführen.«
»Ach du grüne Neune!« entfuhr es Mehrsheimer.
»Na, so schlimm ist es dann auch wieder nicht«, sagte Rübenach ins Telefon.
»Vielleicht doch!« Mehrsheimer erzählte dem Kommissar von dem Anruf, der ihn kurz zuvor erreicht hatte.

Rübenach reagierte schnell. Kaum hatte er den Hörer aufgelegt, da versuchte er, seine Mitarbeiter Merk und Maier zu erreichen. Doch die beiden Beamten waren zu weit von ihrem Dienstwagen entfernt, um das Signal des Funktelefons zu hören. Ihre Aufmerksamkeit galt dem kleinen, schwergewichtigen Gonzales, der den blauen Kastenwagen vor das Tor des Blechschuppens rangiert hatte und damit beschäftigt war, Kisten und Kartons aufzuladen.
»Sieht ganz so aus, als ob der Dicke seinen Auszug vorbereiten wollte«, sagte Merk zu Maier.
»Und was machen wir jetzt?« wollte Maier wissen.
»Weiter beobachten. Wenn er mit dem Auto losfährt, folge ich ihm. Sie bleiben weiter auf Posten.«
Gonzales schlug die hintere Tür des Kastenwagens zu und schloß die Tür des Schuppens ab. Aus den Augenwinkeln beobachtete er die beiden Männer bei ihrer Vermessungsarbeit. Es entging ihm nicht, daß deren Aufmerksamkeit weit mehr ihm galt als ihren rot-weiß gestreiften Meßlatten. Die Polizisten belauerten Gonzales, der seinerseits die Beamten belauerte. Betont langsam ging der Dicke zur Fahrertür seines Wagens. Er klemmte sich hinter das Steuer, zündete umständlich eine neue Zigarre an und startete den Motor. Merk ging zum Dienstwagen. Da endlich hörte er das Dauerfunksignal. Er beschleunigte seine Schritte, rannte schließlich, sprang in das Fahrzeug und riß den Hörer aus der versteckt angebrachten Halterung.
»Polizeimeister Merk«, meldete er sich.
»Verdammt und zugenäht, wo treiben Sie sich denn die ganze Zeit rum?« dröhnte Rübenachs Stimme aus dem Hörer.
»Auf Beobachtungsposten – weisungsgemäß«, antwortete Merk hörbar verärgert.
»Ihre Zielperson hat Sie längst entdeckt«, bellte Rübenach.
»Woher wissen Sie das?«
»Das ist jetzt unwichtig. Sie machen weiter wie gehabt, ich schicke einen…«
Weiter kam er nicht.

»Der haut ab«, schrie Merk, »ich muß hinterher!«
Er startete den Wagen und warf den Hörer des Funktelefons achtlos auf den Beifahrersitz.
Gonzales war zunächst langsam über den Schotterweg zur Straße hinaufgefahren, hatte Merk einen Augenblick lang beobachtet und war dann mit aufheulendem Motor die Straße hinuntergerast. Im Außenspiegel sah er jetzt, wie Merk ebenfalls anfuhr und sich hinter dem blauen Kastenwagen hielt. Gonzales verringerte die Geschwindigkeit, um besser nachdenken zu können. Er mußte den Wagen abschütteln. Vorsichtig fädelte er sich in den dichten Verkehr der Ausfallstraße Richtung Süden ein. Seine schweißnassen Hände klebten am Lenkrad. Er atmete kurz. Gonzales hatte Angst – weniger vor dem Mann, der ihm folgte, als vor den Männern, denen er seine überstürzte Flucht erklären mußte. Monate hatten sie gebraucht, um eine schlagkräftige Jugendbande aufzubauen. In den letzten Wochen waren die Ergebnisse immer besser geworden. Das System funktionierte und brachte eine Menge Geld ein. Die Herren Chefs würden seine Reaktion kopflos nennen. Gonzales schaltete einen Gang herunter. Der Verkehr lief auf drei Fahrspuren, der blaue Kastenwagen rollte ganz rechts und wurde immer langsamer.
Merk hatte nun wieder den Telefonhörer am Ohr.
»Was soll ich tun, wenn er anhält?« fragte er gerade.
Rübenachs Stimmung hatte sich noch nicht gebessert.
»Der Mann hat natürlich längst bemerkt, daß Sie ihm folgen. Bis ein Kollege die Verfolgung aufnehmen kann, bleiben Sie eben dran – egal, ob er Sie sieht oder nicht.«
Gonzales war ein erfahrener Ganove. Seit fünfzehn Jahren schon verdiente er sich sein Geld bei den Bossen der Unterwelt. Noch nie war er erwischt worden. Er kannte seine Gegner. Und deshalb rechnete er sich nun auch aus, daß sich bald schon ein anderer Verfolger an ihn hängen würde – einer, der schwerer zu erkennen war als der falsche Vermessungstechniker hinter ihm. Aufmerksam beobachtete er den Verkehr. Die Gegenfahrbahn

war ebenfalls dreispurig und ziemlich dicht befahren. Dreihundert Meter weiter vorne tauchte nun eine Kreuzung auf. Die Ampel stand auf Grün. Gonzales beschleunigte, setzte den linken Blinker und wechselte ohne Rücksicht auf die anderen Fahrzeuge von der ganz rechten auf die äußerste linke Fahrbahn.
Die Ampel sprang auf Gelb. Vor dem blauen Kastenwagen bremste eine große Limousine. Mit einem gewagten Manöver lenkte Gonzales sein Fahrzeug rechts an der Limousine vorbei, zwang dabei zwei andere Autofahrer zu einer Vollbremsung und zog seinen schwerfälligen Wagen vor der Limousine wieder nach links. Die Ampel war gerade auf Rot gesprungen. Begleitet von einem ohrenbetäubenden Hupkonzert riß Gonzales das Steuer herum, kam auf die Gegenfahrbahn und gab sofort Gas. Lässig grüßte er über den Mittelstreifen zu Merk herüber, der hilflos zwischen zwei Autos eingeklemmt stand und schon wieder nach dem Funktelefon griff, um seine Niederlage an Hauptkommissar Rübenach zu melden.
Der blaue Kastenwagen fuhr wenige Minuten später in den Hof eines großen Speditionsunternehmens und verschwand in einem baufälligen Holzschuppen.

»Wie vom Erdboden verschluckt!«
Rübenachs Faust krachte auf die Schreibtischplatte. Die Aktenberge gerieten gefährlich ins Wanken.
Pepper, der im Türrahmen lehnte und mit langsamen Bewegungen seine Pfeife stopfte, fragte: »Sind heute nacht wieder Zeitungen verschwunden?«
»Das ist es ja!«
»Frau Scheringer fehlten heute morgen keine.«
»Da hat sie aber Glück gehabt. Diesmal haben die Diebe direkt bei den Auslieferern zugegriffen.«
Pepper stieß sich vom Türbalken ab. »Nicht möglich!«
»Möglich ist heute grundsätzlich alles!« Rübezahl warf mit Schwung beide Füße auf seinen Schreibtisch.

»Die Wochenendausgaben sind von der Verladerampe weg verschwunden.«
Pepper kratzte sich am Kinn. »Es müßte doch möglich sein, einen von diesen falschen Verkäufern zu fassen.«
»Das machen Sie mal! Wir haben nur die Wochenendbereitschaft. Die Kollegen von der Schutzpolizei sind mit Verkehrskontrollen und Unfallaufnahmen beschäftigt. Und so groß ist der Schaden dann auch wieder nicht, daß ich einen Extraeinsatz veranlassen könnte.«
»Na, ich weiß nicht...«, Pepper steckte seine Pfeife in Brand. »Wenn da einer eine richtige Jugendbande aufgezogen hat, sollte man schleunigst was tun. Diese jungen Leute sind vielleicht doch wichtiger als irgendein reicher Geldsack, dem ein Dieb nachts die Juwelen klaut.«
»Sie haben gut reden, Pepper! Sagen Sie das mal dem Geldsack mit den Juwelen!«
Pepper hob die Schultern. »Also heißt die Devise: Abwarten und Tee trinken.«
»Natürlich tun wir, was wir können. Der Blechschuppen steht weiter unter Beobachtung.«
»Glauben Sie im Ernst, daß da noch einer von denen auftaucht?«
»Nee, aber wenn ich nichts mache, passiert bestimmt was.«
Pepper nickte. Dann fragte er: »Gibt's eine Personenbeschreibung von diesem Gonzales?«
Rübezahl patschte mit seinen kurzen, dicken Händen auf dem Schreibtisch herum wie ein Blinder, schob Akten, einen Aschenbecher, eine leere Zigarrenschachtel, eine verschmutzte Kaffeetasse und seinen Schlüsselbund zur Seite und fand schließlich ein Blatt Papier, das mit Schreibmaschine beschrieben war. »Hier«, sagte er. »Ich bezweifle allerdings, daß Ihnen das etwas nützt.«
»Das würde ich gerne selber entscheiden.«
»Da!« Rübezahl schob das Blatt über den Tisch.
Pepper nahm es und las:

Gonzales (vermutlich ein Deckname)

Alter:	geschätzt 42
Größe:	1,78 m
Haare:	braun, Bürstenschnitt
Figur:	gedrungen bis dick
Augenfarbe:	unbekannt
Sonstiges:	Augen dicht beeinanderstehend, dicker kurzer Hals, massiger Kopf

»Ein richtiges Herzchen«, sagte Pepper, faltete das Papier und schob es in die Innentasche seiner Jacke.
»Was haben Sie vor?« fragte Rübenach mißtrauisch.
»Mal sehen«, antwortete Pepper, »ich hab' nichts Bestimmtes vor. Schließlich ist Wochenende.«
Er ging schnell hinaus, um sich nicht weiteren Fragen des Kommissars auszusetzen.

Arnica, Pit und Jonny waren unterdessen in der Stadt unterwegs. Sie gingen an der Treppe zur Unterführung vorbei und hielten vergeblich nach Petro, dem Zeitungsverkäufer, Ausschau.
»Laßt uns mal überlegen«, sagte Pit, »wo man sonst noch seine Zeitungen loswerden kann.«
Jonny schaute auf die Uhr. »Gleich zwölf – also ich würde die Restaurants abklappern, in denen die Leute zu Mittag essen.«
»Keine schlechte Idee. Nur gibt's davon ein paar hundert in der Stadt«, wandte Arnica ein.
»Irgendwo muß man aber anfangen«, meinte Pit.

Ihre Suche blieb allerdings ohne Erfolg. Den ganzen Nachmittag über streiften sie durch die Stadt, ohne auch nur eine Spur von den Mitgliedern der Bande zu finden.
Sie konnten ja nicht wissen, daß Petro, Giovanni, Francesco und die anderen längst ihre Arbeit eingestellt hatten.

Die Jungen waren keine Anfänger mehr. Der Umgang mit Gonzales und seinesgleichen hatte sie einiges gelehrt. Nach dem Streit am vorausgegangenen Abend hatten sich die Wortführer der Bande zusammengesetzt und beschlossen, zwei ihrer Leute als Beobachter abzustellen.

Und so war es gekommen, daß Franz, den sie Francesco nannten, beobachtet hatte, wie Gonzales das Feld räumte und dabei von einem Vermessungstechniker beschattet und verfolgt wurde.

Franz suchte Peter, der an diesem Tag seine gestohlenen Zeitungen auf einem S-Bahnhof in der Vorstadt verkaufte. Sie berieten, was zu tun war, und beschlossen, die Zeitungen wegzuwerfen und ihre Kameraden zu warnen. Keiner der Gonzalesbande trat ab Mittag mehr in Erscheinung. Die Jungen sammelten sich in einem alten Steinbruch weit draußen vor der Stadt, um zu beraten, wie es weitergehen sollte.

Der Steinbruch war schon seit fünf Jahren nicht mehr in Betrieb. Die Narben in der Landschaft, die von den Baggern und Sprengladungen stammten, wuchsen langsam zu.

Es war noch warm wie am Tag zuvor, aber der Himmel hatte sich mit einer grauen Wolkendecke überzogen, aus der jetzt erste schwere Regentropfen fielen. Die Jungen saßen unter einem Dach, das früher einmal den Abstellplatz für die Maschinen schützte. Sie waren zu sechst. »Der harte Kern«, wie Peter es nannte. Dazu gehörten er selbst, Hans, Franz, ein kleiner und schweigsamer Junge namens Michael, ein hagerer Rothaariger mit einem sommersprossigen Gesicht, der Steffen hieß, und Thomas, genannt Tom, der dick und quirlig war und keinen Moment ruhig sitzen konnte.

»Von den anderen wird keiner kommen«, sagte Peter, »die sind hier zu Hause und verkriechen sich bei ihren Müttern. Für die war das bloß ein Abenteuer, so was Vorübergehendes. Aber für uns ist das der Job!« Er zündete sich umständlich eine Zigarette an.

»Man müßte Gonzales finden«, sagte Tom.

Peter schnippte das brennende Streichholz weg. »Warum? Der hat kalte Füße bekommen.«
Michael sah nachdenklich von einem zum anderen.
»Eigentlich muß der ja uns suchen.«
»Wieso?« rief Tom.
»Na ja, er denkt zwar, wir seien auf ihn angewiesen, aber umgekehrt stimmt das ja auch. Mal angenommen, wir gehen zur Polizei...«
»Bist du verrückt?« »Hast du noch alle Tassen im Schrank?« »Ich glaube, dich hat's erwischt«, tönte es durcheinander.
Aber Michael ließ sich nicht beeindrucken. »Hat einer von euch mal darüber nachgedacht, wie es weitergehen soll?«
»Klar«, Petro paffte kleine Rauchwolken in die Luft, »genauso wie bisher, nur ohne Gonzales.«
»So meine ich das nicht«, sagte Michael. »Ich wollte wissen, wie ihr das grundsätzlich seht.«
Die anderen starrten ihn ratlos an.
»Wovon redest du überhaupt?« fragte Steffen.
»Von der Zukunft. Willst du vielleicht dein Leben lang Zeitungen stehlen, Automaten knacken und Handtaschen klauen?«
Peter nahm die Zigarette aus dem Mund. »Natürlich werden wir irgendwann mal einen größeren Coup landen. Ist doch klar.«
Michael schüttelte den Kopf. »Ich frage mich, ob ich nicht aussteigen soll.«
»Und was dann?« fragte Franz.
»Ich such' mir eine Lehrstelle.«
»Weil die Lehrstellen nur so auf der Straße rumliegen, was?« Peter trat seine Zigarette aus. »Michael wird ein anständiger Bürger, habt ihr das gehört? Er geht morgens um sieben zur Arbeit, schindet sich bis um fünf und kriegt ein paar lächerliche Mark dafür!«
Aber keiner lachte. Hans sagte: »Als ich aus dem Erziehungsheim ausgebüxt bin, hab' ich auch gedacht, ich schlag' mich so durch, aber ehrlich, eine Zukunft hast du so auch nicht!«

Franz entgegnete: »Ich kann doch nicht einfach zurück ins Internat. Die reichen mich am gleichen Tag weiter an die Polizei.«
Peter grinste: »Was hast du denn gemacht?«
»Die Portokasse im Büro geleert – einhundertzwanzig Mark!«
»Die könntest du jetzt mit Zins und Zinseszins zurückzahlen«, sagte Michael.
»Aber auch von gestohlenem Geld«, antwortete Franz.
»Tja, so ist das«, tönte Peter, »die Katze beißt sich in den Schwanz. Wenn du da mal drin bist, kommst du so leicht nicht wieder raus.«
Michael schüttelte den Kopf. »Mach's dir doch nicht so einfach, Petro, man könnte es doch versuchen.«
»Ohne mich!«
Tom sprang auf und rannte hin und her. Plötzlich blieb er stehen: »Also nachdenken sollte man schon mal darüber.«
»Ach was!« Hans warf einen Stein gegen die hoch aufragende Felswand, »wir überfallen eine Bank, dann haben wir ausgesorgt.«
»Blödsinn!« ließ sich Steffen hören.
»Wie willste denn das machen?« fragte Franz.
Und Michael sagte: »Daß ihr bei so was nicht mit mir rechnen könnt, ist ja wohl klar!«
Eine Zeitlang sprach keiner von ihnen. Sie hatten es sich halbwegs bequem gemacht, und im Grunde wartete jeder darauf, daß einer die zündende Idee präsentierte.
Schließlich sagte Michael: »Ich weiß nicht mal, wo ich heute nacht schlafen soll.«
»Warum? Wo du immer schläfst natürlich!« rief Tom, der schon wieder aufgesprungen war und rastlos hin und her lief.
»Aber unsere Bude hat Gonzales beschafft. Der oder ein anderer von denen steht garantiert an der Tür und wartet nur, bis wir kommen«, meinte Hans, »und womöglich sitzen ihm die Bullen im Genick.«
»So ein Mist«, sagte Steffen. »Ein Glück, daß ich keine Eltern mehr hab', ich würde glatt heim zu Mutti rennen.«

»Kannst ja zu meinem Alten gehen«, sagte Peter. »Prügel, Geschrei und nichts Gescheites zwischen die Zähne – ein Leben, sag' ich dir!«
»Bei mir sieht's auch nicht besser aus«, meldete sich Hans.
»Meine Eltern sind geschieden und waren ganz froh, als ich ins Internat kam«, meinte Franz. »Eigentlich hat's mir da ja auch nicht schlecht gefallen...«
»Will jetzt jeder seine Leidensgeschichte erzählen?« fuhr Peter dazwischen.
»Na, du hast doch angefangen damit!« Michael war richtig sauer geworden.
»Regt euch bloß nicht auf!« Steffen hob beruhigend die Hände.
»Ich schlage vor, wir schlafen erst mal eine Nacht darüber.«
»Und wo, wenn ich fragen darf?« rief Tom.
»Na hier. Wir organisieren uns Schlafsäcke, Decken und was zu futtern. Und bis zum Morgen wird uns schon was einfallen«, entschied Peter.
Alle waren einverstanden. Sie verabredeten sich für den Abend gegen neun Uhr am gleichen Platz und gingen dann getrennt in die Stadt, um alles, was sie brauchten, zu kaufen oder anders zu ›besorgen‹.

Da waren's nur noch zwei

Peter, den sie Petro nannten, bummelte durch die Ladenpassage im Zentrum der Stadt. Es war langer Samstag, die Geschäfte waren noch geöffnet. Der Junge zählte das Geld in seinen Taschen, denn er hatte es lose verteilt. Er kam auf 324 Mark und 27 Pfennige. Das war nun also geblieben. Gonzales hatte das Vielfache davon kassiert, und zwar von jedem einzelnen der Jungen.

»Ausgenommen hat der uns«, schimpfte Petro leise vor sich hin.
»Was sagst du?« Vor ihm stand, wie aus dem Boden gewachsen, Arnica.
»Ich hab' nicht mit dir geredet«, gab Peter patzig zurück, sah dann erst auf und erkannte das Mädchen wieder. »Sag mal, dich kenn' ich doch irgendwoher!«
»Ja, gestern wollte ich bei dir einen Comic kaufen.«
»Ach ja, stimmt.«
»Hast du heute keinen Dienst?«
»Keinen Bock drauf«, sagte er und schob sich lässig eine Zigarette zwischen die Lippen, aber als er sah, wie Arnica ihr Gesicht verzog, nahm er sie wieder heraus.
»Hast wohl was gegen 's Rauchen?«
»Mhm«, meinte Arnica. »Die meisten rauchen ja sowieso nur, um anzugeben.«
»Ich nicht, mir schmeckt's!«
Auf der anderen Straßenseite standen Pit und Jonny. Sie beobachteten das Mädchen und Peter.
»Sieht so aus, als hätte Arnica dem auf Anhieb das Rauchen abgewöhnt«, sagte Jonny.
»Die soll ihm lieber das Klauen abgewöhnen«, brummte Pit.
Arnica deutete in diesem Augenblick zu den beiden herüber.
»Das sind zwei Freunde von mir«, sagte sie. »Magst du sie kennenlernen?«
»Ne, ne«, sagte Peter uninteressiert. »Ich muß weiter, noch was besorgen.«
Aber Arnica ließ sich nicht abschütteln. »Pit, das ist der Große, würde auch gerne Geld verdienen. Kannst du ihm nicht einen Tip geben?«
Peter lachte. »Das wär' so was!«
»Warum?«
»Es ist aus! Das Geschäft läuft nicht mehr.«
»Ach!« Arnica spielte ihre Enttäuschung ausgezeichnet.
»Ich geh' dann mal weiter«, sagte Peter.

»Aber warum läuft das nicht mehr? Wenn du nicht mehr kannst, vielleicht könnte ja Pit für dich einsteigen?«
»Nee, geht nicht.«
»Und warum nicht?«
»Hör endlich auf, mich zu löchern!«
Er ging weiter durch die Passage und blieb vor einem Sportartikelgeschäft stehen.
»Was willst du denn kaufen?« fragte Arnica, die wieder nachgekommen war.
»Einen Schlafsack.« Er ging, ohne weiter auf das Mädchen zu achten, in das Geschäft hinein. Arnica lief über die Straße und erzählte ihren Freunden, wie das Gespräch gelaufen war.
»Jetzt haben wir ihn zwar per Zufall wieder entdeckt, aber das bringt uns auch nicht weiter«, sagte Pit.
»Wir müssen eben dranbleiben«, meinte Jonny.
Pit schüttelte den Kopf. »Arnica hat doch vorhin auf uns gezeigt. Er kennt uns also.«
Ein wenig ratlos standen sie beieinander. Nach kurzer Zeit schon kam Peter aus dem Geschäft. Er hatte ein großes Paket unter dem Arm und sah sich suchend um. Als er Arnica, Pit und Jonny entdeckte, kam er über die Straße auf sie zu.
»He, ihr«, sagte er, »habt ihr Knete?«
»Ob wir was haben?« fragte Arnica.
»Geld.«
»Kommt drauf an, wofür«, meinte Pit vorsichtig.
»Ich verreise und hätte ein paar Sachen zu verkaufen.«
»Was denn?« fragte Jonny.
»Na ja, so Verschiedenes und ziemlich billig. Alles neuwertig.«
»Ich denke, du handelst nur mit Zeitungen?« wandte Pit ein.
»Stimmt schon, aber ich zieh' weiter und will nicht den ganzen Kram mitschleppen, und deshalb verkauf' ich ihn.«
»Da müßtest du uns schon sagen, was es ist!« Pit sah den Jungen aufmerksam an. Er trug wie am Vortag den flickenbesetzten Jeansanzug und Turnschuhe. Seine Haare waren noch immer strähnig und ungewaschen, seine Haut wirkte unrein.

»Tja, da wären erst mal zwei erstklassige Boxen für eine Stereoanlage, Leerkassetten für Video, zwei Kofferradios...«
»Klingt, als hättest du das Schaufenster von einem Elektrogeschäft oder einem Phonoladen ausgeräumt.«
»Und wenn es so wäre?«
Pit zuckte mit den Achseln. »Das würde den Preis drücken.«
»Ich will ja auch nicht viel dafür.«
»Was kostet eines von den Kofferradios?«
»Sechzig.«
»Mark?«
»Dachtest du, Äpfel?«
»Hört sich nicht schlecht an, was sind das für Modelle?«
»Stereokassettenradios.«
»Mann!« entfuhr es Jonny, und Pit fragte: »Neu, sagst du?«
»So gut wie neu, ja!«
Pit kratzte sich am Kinn und machte ein nachdenkliches Gesicht. »Wenn du abhauen mußt...«
»Wer sagt denn das?« Plötzlich starrte Peter seinen Namensvetter böse an.
»Na komm, wir sind ja auch nicht von vorgestern. Ich wollte dir gerade einen Vorschlag machen.«
»Was wird das schon sein?«
»Du mußt ihn dir ja nicht anhören«, sagte Pit.
Arnica mischte sich ein. »Kann man das nicht irgendwo bei einem Eis besprechen, hier stehen wir den Leuten bloß im Weg rum.«
Pit sah auf die Uhr. »Zeit hätten wir noch.«
Jonny, der immer den größten Appetit von allen hatte, war schon auf dem Weg. »Im ›Calabria‹ kriegt man das beste Eis!« rief er über die Schulter.
»Kommst du mit?« fragte Arnica Petro.
»Okay«, murmelte der und folgte den anderen.
Im Eiscafé bestellten sich die drei Freunde einen Eisbecher, während Petro mit großer Geste einen Campari verlangte.
»Da ist aber Alkohol drin«, sagte die Frau, die sie bediente.

»Na und? Das weiß ich natürlich.« Er schob sich nun doch eine Zigarette zwischen die Lippen und zündete sie mit einer übertriebenen Geste an. Das verglimmende Streichholz schnipste er dicht am Ohr der Bedienung vorbei.
»Einen Campari, bitte!« wiederholte er.
Die Frau warf ihm einen wütenden Blick zu, sagte aber nichts mehr.
»Also, schieß los!« sagte Petro zu Pit.
»Wie heißt du überhaupt?« entgegnete Pit.
»Peter, meine Freunde sagen Petro zu mir.«
Pit lachte. »Ich heiße auch Peter, meine Freunde sagen Pit zu mir. Und das sind Arnica und Jonny.« Er machte eine kurze Pause und fuhr dann fort: »Ich wollte dir vorschlagen, deine ganzen Waren zu übernehmen und zu verkaufen – langsam natürlich. Stück für Stück.«
»Aha, und wie willst du das finanzieren?«
»Finanzieren?«
»Klar. Mindestens eine Vorauszahlung müßte ich verlangen. Sonst stell' ich dir den Krempel hin, du verhökerst ihn für teures Geld, und ich schau' in die Röhre.«
»Tja, das ist ein Problem, geb' ich zu. Du kennst mich nicht. Eine Anzahlung könnte ich schon leisten.«
Petros Augen wurden schmal. »Ach ja? Ich denke, du mußt jobben, um an Knete zu kommen!«
»Klar, aber deshalb hab' ich ja auch Geld. Ich jobbe schon seit drei Jahren, immer wenn ich was finde. Was ich verdiene, lege ich an. Ich will später studieren. Meine Mutter hat aber nicht viel Geld und mein Vater ... na ja, der ist nicht mehr da.«
Jetzt sah Petro ihn interessiert an. »Ach, bei dir ist das auch so?«
»Wie?«
»Na ja, meine Kumpels haben fast alle so kaputte Familien«, sagte Petro, »entweder kloppen sich die Alten, oder sie leben getrennt, oder sie haben ihre Jungen abgeschoben. Irgendwas ist bei jedem.«

»Verstehe«, sagte Pit, obwohl das nicht so ganz stimmte.
»Und wie ist's bei dir?« fragte Arnica.
Petro hob seine Arme mit einer resignierenden Geste, als ob er sagen wollte: ›Da muß man gar nicht erst drüber reden‹.
»Wieviel müßte ich denn beibringen?« fragte Pit.
»Einen Riesen!«
»Tausend Mark?«
»Wenn du alles übernimmst...«
»Da mußt du aber auf ganz schön viel Ware sitzen!«
»Sobald du das Geld hast, kannst du sie sehen.«
»Morgen?«
»Mir egal.«
»Ich denke, du mußt schleunigst verschwinden?«
»Das laß mal meine Sorge sein, ja?«
Pit nickte. »Und wo treffen wir uns?«
»Am besten wieder hier. Gegen elf Uhr vormittags. Und mach' bloß keine krummen Dinger, ich hab' eine eingespielte Mannschaft hinter mir. Wir passen auf!«
Pit sah sich um, als ob er nach den Freunden Petros Ausschau halten wollte. Dann sagte er: »Schade, daß ich dich nicht früher getroffen habe.«
»Na ja, man weiß nie, was kommt!« Petro nahm wieder seine großspurigen Gesten an. Die Zigarette hielt er zwischen Daumen und Zeigefinger. Jedesmal, wenn er gezogen hatte, nahm er sie mit einer ausgreifenden Bewegung aus dem Mund und paffte den Rauch in die Luft, indem er den Kopf weit nach hinten in den Nacken legte.
»Ob ich noch einen Campari bestelle?« sagte er wie zu sich selbst. »Nein, vielleicht lieber nicht, ich muß noch fahren.«
»Mit der S-Bahn«, kicherte Arnica.
»Du hast ja keine Ahnung«, sagte Petro von oben herab, »aber woher sollst du sie auch haben?«
»Sag mal, wie alt bist du denn?« fragte Jonny den neuen Bekannten.
»Sechzehn, im nächsten Februar werde ich siebzehn.«

Er holte loses Geld aus der Tasche, warf einen kurzen Blick darauf und legte Scheine und Münzen auf den Tisch.
»Ihr seid eingeladen«, sagte er, »war ja die Anbahnung einer Geschäftsbeziehung, sozusagen.«
Damit stand er auf, griff sich das Paket mit dem Schlafsack und verließ das Eiscafé.
Pit, Jonny und Arnica starrten sich an. Jonny fand als erster die Sprache wieder. »Toller Typ«, sagte er.
»Von wegen«, konterte Pit, »ein kleiner Gauner mit einem unheimlich großen Mundwerk. Der hat bestimmt eine Menge Angst.«
»So wirkte er aber nicht«, meinte Arnica.
»Wir werden ja sehen«, entgegnete Pit.
Arnica spielte mit ihrem Eislöffel. »Ich verstehe nicht, warum du dich so mit dem eingelassen hast!«
»Irgendwie müssen wir doch an die Bande rankommen.«
»Aber wenn du ihm die Ware abnimmst, dann bist du doch ein Hehler und machst dich auch strafbar!«
Pit nickte. *»Wenn!«*
»Ach, du willst gar nicht?«
»Ich will jetzt vor allem mal mit PP reden!«
Sie trafen den Detektiv in seinem Garten. Er war dabei, die Obstbäume zu beschneiden, und stand auf einer Leiter. Zuerst waren nur seine Beine, die in einer Kordhose steckten, zu sehen.
»Na, ihr Spürnasen!« rief er aus dem Geäst, »etwas Neues?«
»Und ob!« rief Jonny, »wir haben diesen Jungen wiedergetroffen!«
»Den Zeitungsverkäufer?«
Pepper kletterte so behende die Leiter herunter, daß man ihm seine fast sechzig Jahre nicht ansah. »Erzählt, aber bitte nur einer.«
Sie setzten sich auf die bequemen, großen Holzstühle, und Pit gab einen kurzen Bericht.
»Interessant«, sagte Pepper, »aber du darfst nichts tun, was

dich in Schwierigkeiten bringen kann. Und vor allem darfst du diesen Petro nicht dazu anstiften, irgendwelche ungesetzlichen Dinge zu tun.«
»Das kann ich doch auch gar nicht.«
»Sag das nicht. Wenn du ihm versprichst, daß du zum Beispiel ein Videogerät an den Mann bringen kannst, geht er vielleicht hin und klaut eines – extra für dich. Dann hättest du ihn zur Tat angestiftet.«
Pit nickte. »Ich verstehe. Dann war es aber auch ein Fehler zu sagen, ich könnte ihm seine Ware abnehmen?«
»Schon möglich.« Pepper angelte aus seiner Hosentasche eine Pfeife, die schon gestopft war, und zündete sie an.
»Im Grunde sind die Jungen ja nichts als arme Würstchen. Die werden von den eigentlichen Drahtziehern nur ausgenommen.«
»Ja, genau das hat er gesagt«, meldete sich Arnica.
»Bitte?«
»Er hat gesagt: ›Ausgenommen hat der uns‹. Ich hab' das ganz genau gehört.«
»Also sieht er es ein. Wir müßten das Vertrauen des Jungen gewinnen. Wenn wir Glück haben, führt über ihn ein Weg zu den Bossen der Bande.«
»Dieser Petro ist aber ziemlich hartgesotten«, sagte Jonny. »Vielleicht wäre es bei anderen Jungen aus der Bande leichter, etwas zu erreichen.«
»Nur haben wir zu keinem anderen Kontakt«, wandte Pit ein.
»Tja, macht am besten weiter wie geplant«, meinte Pepper, »aber vorsichtig. Ich werde auf jeden Fall in der Nähe sein.«
»Mögen Sie denn überhaupt Eis?« fragte Arnica.
»Einen Kaffee wird man dort ja zur Not auch kriegen!«

Petro hatte den Rest des Nachmittags in der Stadt verbracht. Um sechs war er in ein Kino gegangen und hatte sich die ›Rocky Horror Picture Show‹ angesehen – zum siebten Mal und immer wieder von neuem begeistert.

Er war dann mit der S-Bahn bis zum Stadtrand gefahren und zu Fuß zum Steinbruch gewandert. Hans, den sie Giovanni nannten, und Tom waren schon da.
»Na, wenigstens sind wir zu dritt«, rief Tom.
»Sind die anderen noch nicht da?« fragte Petro.
»Nein, und die kommen auch nicht mehr. Da, lies!«
Hans zeigte auf einen Zettel, der auf einen rostigen Nagel in einem der Dachbalken gespießt worden war. Langsam schlenderte Peter hinüber. Auf ein Blatt, das aus einem linierten Schulheft herausgerissen worden war, hatte Franz, den sie Francesco nannten, geschrieben:

Ich versuch's nochmal im Internat. Steffen wird mich begleiten.

Petro drehte sich um und zeigte mit dem Daumen über die Schulter auf den Zettel. »Klingt, als ob es sein Pauker selber geschrieben hätte: ›Steffen wird mich begleiten‹. Warum schreibt er nicht einfach: ›Steffen geht mit‹?«
»Hast du das andere auch gelesen?« rief Tom herüber.
Unter den beiden Zeilen stand in einer anderen Handschrift:

Nichts für ungut, Freunde.
Ich setze mich auch ab.

Michael

»Verräter«, stieß Peter zwischen den zusammengebissenen Zähnen hervor.
»Meinst du, er geht zu den Bullen?« fragte Hans.
»Glaub' ich nicht. Einer wie der Michael geht zur Bahnhofsmission oder zum nächsten Pfarrer.« Peter lachte, aber es klang

nicht fröhlich, und die beiden anderen stimmten auch nicht mit ein.
»Und jetzt?« fragte Tom.
»Und jetzt, und jetzt?« echote Peter, »jetzt sind wir noch drei. Was will man da machen? Ich hau' ab, sobald ich meinen Krempel losgeschlagen habe.«
»Alleine?« Tom war den Tränen nahe.
»Natürlich alleine. Meinst du, ich kann mir einen Klotz ans Bein binden?«
»Mann, hör auf«, rief Hans herüber, der sich bemühte, ein Feuer anzuzünden, »du bist nicht Al Capone und auch nicht Lino Ventura!«
»Wer ist denn das?« fragte Tom.
»Der eine war ein großer Gangsterboß, und der andere ist einer, der Gangsterbosse im Kino spielt«, antwortete Hans.
»Was machst du denn jetzt?« wollte Tom von ihm wissen.
»Für einen guten Tip zahl' ich die Hälfte von meinem ganzen Geld. Ehrlich, ich hab' keine Ahnung.«
»Ich hab' ein paar Typen getroffen, die sind gar nicht so übel«, sagte Petro. »Die kaufen mir vielleicht meinen Kram ab.«
»Paß bloß auf«, sagte Hans, »wenn die dich verpfeifen...«
»Ich bin ja kein Anfänger!«
Tom sagte: »Gonzales schuldet mir noch über dreißig Mark.«
»Dann geh sie doch holen«, rief Hans vom Feuer herüber, das jetzt leise zu knistern begann.
»Den müßte man den Bullen frei Haus liefern«, sagte Petro voller Haß.
»Erst mal finden. Wollt ihr auch eine Bratwurst?«
Hans hatte auf einen sauber zugespitzten und geschälten Zweig hintereinander sechs Würste aufgespießt und hielt sie ins Feuer. Bald schon zog ein verführerischer Duft über die Lichtung. Die drei Jungen setzten sich ans Feuer. Es wurde kalt. Sie legten Decken und ihre Schlafsäcke über die Schultern und aßen die Bratwürste, danach noch ein Pfund Pflaumen, die Tom mitgebracht hatte, und eine Unmenge Brot mit Käse. Es schien so,

als ob sie auf diese Weise gegen die Einsamkeit und die Verzweiflung kämpfen wollten.
»Ich hab' einen Onkel in Bremen«, sagte Tom nach einer langen Zeit des Schweigens. »Der ist zwanzig Jahre lang zur See gefahren. Jetzt hat er seinen Job verloren, weil die großen Tankergesellschaften nur noch billige Arbeitskräfte nehmen – Leute aus Indien oder Korea oder so...«
Er sah die beiden Kameraden nacheinander an.
»Ja, und?« fragte Peter mit vollem Mund.
»Der würde mich aufnehmen.«
»Aber wenn er doch arbeitslos ist!«
»Ist er nicht mehr. Der hatte eine tolle Idee. Jetzt verkauft er Kartoffelpuffer.«
»Was macht er?« Peter starrte den kleineren Freund überrascht an.
»Ja, er hat gesagt, ihm wär's egal, wie er Geld verdient, Hauptsache, er kann seine Familie durchbringen. Und da hatte er die Idee, als meine Tante, also seine Frau, also...«
»Ja, ja, das hab' ich schon verstanden«, sagte Petro ärgerlich, »so schwierig ist das ja nicht.«
»Also, die hat mal Reibekuchen gemacht. Man sagt auch Reibekuchen zu Kartoffelpuffer. Und die Leute, die zu Besuch waren, haben die Reibekuchen ruck, zuck, verputzt. Sie konnte gar nicht so schnell nachliefern, wie die Leute futterten. Und da hat mein Onkel gesagt: ›Warum immer nur Rote Würste, Bratwürste und Currywürste? Na ja, und so ist es gekommen.«
»Was denn? Erzähl doch weiter!« sagte Hans.
»Er hat erst einen Stand am Hauptbahnhof aufgemacht, dann am Rathaus noch einen. Jetzt hat er schon sieben Stück. Und er bietet nicht nur Kartoffelpuffer mit Reibekuchen – nein, falsch, Kartoffelpuffer mit Apfelmus – an, sondern auch Waffeln. Ganz knusprige, sagenhafte Waffeln!«
»Und dabei verdient er gut?« fragte Petro.
»Und ob! Er kann ja die Zutaten jetzt in großen Mengen einkaufen. Da wird alles billiger. Und er hat mir gesagt, wenn's mir

hier gar nicht mehr paßt, kann ich zu ihm kommen. Verkaufen, oder mitarbeiten halt.«
»Na, dann aber nichts wie ab nach Bremen«, sagte Hans.
»Meinst du?«
»Aber sicher. Das ist doch eine Chance!«
»Mein Onkel ... also der versteht das schon, was ich ... was ich ... also was wir hier so gemacht haben. Der hat eine Menge erlebt, versteht ihr?«
»Ja, ja, ist ja schon gut«, brummte Petro schlecht gelaunt, »fahr zu dem Onkel und kriech ins warme Nest.«
»Ich will euch ja nicht im Stich lassen...«, sagte Tom, und schon wieder stiegen ihm die Tränen in die Augen.
»Unsinn, ohne dich schaffen wir's fast genausogut«, beruhigte Hans den kleinen, dicken Jungen.
»Besser«, knurrte Petro und rollte seinen neuen Schlafsack dicht neben dem Feuer aus. Als er hineinkroch, sagte er: »Da waren's nur noch zwei, Hans. Wann haust du ab?«
»Weiß nicht. Ich hab' bis jetzt keinen Plan. Am liebsten würde ich eine Lehre machen.«
»Von morgens sieben bis abends acht, da biste schnell kaputtgemacht! Kennst du den Spruch nicht?«
»Nein, aber der stimmt ja auch nicht. Ich kenn' Leute, die eine Lehrstelle gefunden haben.«
»Aber schwer schuften müssen die bestimmt!«
»Klar, aber dafür schlafen sie auch besser als wir.«
»Ich schlafe hervorragend«, sagte Petro gähnend, »da mach dir mal gar keine Sorgen!«
Hans antwortete nicht mehr. Er trat das Feuer aus und suchte sich einen Schlafplatz ein paar Meter abseits im weichen Gras. Peter, den sie Petro nannten, lag noch viele Stunden wach und ertappte sich dabei, wie er darüber nachdachte, wo jetzt wohl die drei vom Nachmittag waren. Die schliefen in weichen Betten, in schönen Wohnungen – umsorgt und verwöhnt von den Eltern. Er biß sich auf die Lippen, denn er konnte gar nicht so sicher sein, daß er nicht losheulen mußte.

Dabei schliefen Pit, Jonny und Arnica gar nicht in ihren Betten. Arnica hatte das ›Fürstenabteil‹ in Peppers Wagen bekommen – einen schmalen Raum mit einem uralten Sofa, einem Waschtisch und zwei niedlichen kleinen Sesseln. Pepper behauptete, die Kaiserin habe dieses Abteil bevorzugt, wenn sie mit ihrem Gatten per Salonwagen auf Reisen gewesen sei. Dabei hatte der Kaiser diesen Wagen niemals benutzt. Allenfalls war vor siebzig oder achtzig Jahren einmal ein Minister darin gereist.
Pit und Jonny hatten sich mit ihren Schlafsäcken unter dem großen Nußbaum ein Lager gemacht. Sie schliefen in dieser Nacht also auch nicht komfortabler als Petro und Hans. Allerdings hatten sie das Feuer, das Pepper gemacht hatte, nicht ausgetreten. Es flackerte weiter und spendete ein wenig Wärme.
Auch Pit lag noch lange wach. Er mußte immer wieder an seinen Namensvetter denken. Er überlegte, wie leicht man doch in so etwas hineinrutschen konnte. Petro hatte vielleicht zuerst nur aus Zorn gegen seine Eltern einen eigenen Weg gesucht und war dann auf Gonzales gestoßen, der ihn angeworben hatte. Natürlich war es verlockend, was Gonzales anzubieten hatte, zumal für einen Jungen, der sonst kein Ziel hatte und nur von zu Hause weg wollte.
Pit atmete seufzend aus.
»Was ist denn?« fragte Jonny im Halbschlaf.
»Ich hab' an diesen Petro gedacht.«
»Der ist vielleicht übel dran!« sagte Jonny.
»Genau das hab' ich auch gedacht.«
»Trotzdem – ich schlafe jetzt.«
»Gute Nacht«, sagte Pit, »viel wird morgen ja nicht passieren.«
Aber da hatte er sich gründlich geirrt.

Das Versteck im Wald

Peter war pünktlich. Er brachte Hans mit, der kräftiger und fast einen Kopf größer war als er selbst – ein sportlicher, durchtrainierter Junge mit einem offenen, braungebrannten Gesicht und dunklen Haaren.
Pit, Arnica und Jonny saßen in der Mitte der klcinen Eisdiele. Pepper hatte sich in der äußersten Ecke des hellen Raumes ein Tischchen gesucht, rauchte seine Pfeife, trank Kaffee und studierte die Sonntagszeitung. Niemand hätte auf die Idee kommen können, daß er gar nicht wahrnahm, was in der Zeitung stand, daß er vielmehr alle seine Aufmerksamkeit dem Tisch in der Mitte zuwandte.
»Hast du das Geld?« fragte Petro als erstes, noch bevor er gegrüßt hatte.
»Tag erst mal«, antwortete Pit. Er hatte tausend Mark in verschiedenen Scheinen in der Tasche. Noch nie in seinem Leben hatte er einen solchen Betrag in der Hand gehabt, und deshalb glaubte er auch, jeder müsse ihm ansehen, mit wieviel Geld er herumlief.
Es war gar nicht so einfach gewesen, die Scheine zusammenzubekommen, die jetzt in seiner Jackentasche knisterten. Frau Scheringer, die den Banken nicht traute und deshalb einen Teil ihres Besitzes in den seltsamsten Verstecken aufbewahrte, hatte 800 Mark beigesteuert. Die restlichen 200 Mark stammten von Paul Pepper.
»Also, was ist?« fragte Petro noch mal.
»Willst du uns nicht erst mal deinen Freund vorstellen?« sagte Arnica.
»Das ist Hans, genannt Giovanni.« Petro machte eine seiner ausladenden Gesten.
Dann richtete er das Wort wieder an Pit. »Was ist nun?«
Pit öffnete seine Jacke und zog aus der Innentasche das Geldbündel so hervor, daß Petro es sehen konnte.

»Aha«, sagte der und setzte sich an den Tisch. »Und nun erklär mir mal, wo du das Geld her hast.«
»Warum willst du das denn wissen?« fragte Hans.
»Halt dich da raus, ja! Gestern hatte keine Bank mehr auf und heute sowieso nicht. Er hat mir aber gesagt, daß er das Geld, für das er jobbt, angelegt hat. Also konnte er an die Knete nicht ran.«
Hans sah seinen Freund voller Bewunderung an. »Du denkst an alles!«
»Muß ich ja!« sagte Peter selbstgefällig. »Und nun die Antwort!«
Pit hatte durch das Geplänkel Zeit genug gehabt, sich etwas auszudenken. »Das Geld ist erst mal geliehen.«
»Von wem?«
»Von einem Bekannten, einem Freund. Der kennt mich gut genug, daß er weiß – ich hau' ihn nicht übers Ohr.«
»Ich kenn' dich eben nicht so gut.« Petro schnipste mit dem Finger nach der Bedienung und bestellte für sich und Hans je einen Espresso.
»Wo sind die Sachen?« fragte Pit.
»In einem Versteck. Wir gehen alleine hin.«
»Nein!«
»Was ist?«
»Ich hab' ›nein‹ gesagt. Ich kenn' dich nämlich auch nicht. Du hast eine eingespielte Mannschaft hinter dir, sagst du. Und nun laß mich mit dem Geld irgendwo auftauchen. Du und deine Mannschaft – ihr seid auf jeden Fall dann stark genug, mir die tausend Mark abzuknöpfen.«
»Okay, dann nimm du deine Leute mit.«
Jonny, der die ganze Zeit still dabeigesessen hatte, packte die große Wut. »Was soll denn das, hä? Denkst du, ich hab' vor einem wie dir Angst? Brauchst gar nicht so geringschätzig reden. Wir haben in unserem Team immerhin schon eine ganze Menge zustande gebracht, ja. Und die Gegner waren da manchmal von ganz anderem Kaliber!«

»Schluß, Jonny«, sagte Pit schnell, um den Freund daran zu hindern, alles mögliche auszuplaudern.
»Gehen wir.« Petro stürzte den starken Kaffee hinunter. »Heute zahlst du, das ist so üblich unter Geschäftsleuten.«
Pit legte Geld auf den Tisch und warf einen Blick zu Pepper hinüber, der scheinbar teilnahmslos zum Fenster hinausschaute. Das Eiscafé hatte große Glasscheiben an drei Fronten und ragte wie ein riesiger Erker in die Fußgängerzone hinein. Zwischen dem Café und einem Schuhgeschäft stand eine Platane, die sich Mühe gab zu wachsen, aber in dieser Umgebung nicht viel Erfolg damit hatte. Am Stamm dieser Platane lehnte ein Mann, auf den die Beschreibung von Gonzales hundertprozentig zutraf.
Pepper stand auf. Auch Pit und die anderen hatten sich inzwischen erhoben und strebten der Tür zu. Jonny blieb ein wenig zurück, rief dann: »Verflucht, ich glaube, mir ist mein Schlüsselbund aus der Tasche gefallen«, und rannte zu dem Tisch zurück, an dem sie gesessen hatten. Dort war nun auch Pepper angekommen.
»Vorsicht«, stieß er hervor, ohne dabei die Lippen zu bewegen, »da draußen steht Gonzales.«
»Wo?« fragte Jonny flüsternd.
»An der Platane!« Pepper ging zu der Bedienung und bezahlte. Er sah aus den Augenwinkeln, wie sich der gedrungene, kleine Mann von dem Baum löste und schnell in einem Hauseingang verschwand. Pepper folgte Pit und den anderen.
Von einem nahgelegenen Kirchturm schlug es gerade zwölf Uhr. Ein unangenehmer Wind fuhr durch die Fußgängerzone und wirbelte welke Blätter, Staub und Papierschnipsel durch die Luft. Pepper schlug den Kragen seiner schweren, karierten Jacke hoch.
Die jungen Leute strebten der S-Bahn-Haltestelle zu.
Pepper hatte den Hauseingang, in dem Gonzales verschwunden war, keinen Moment aus den Augen gelassen. Jetzt schritt er auf die Stelle zu. Die Tür zu dem Haus war nur angelehnt.

Pepper stieß sie auf. Im Flur, gleich links nach der Haustür, waren mindestens zwanzig Briefkästen angebracht. Aus einigen quollen Prospekte und Zeitungen hervor. Entweder standen etliche Wohnungen derzeit leer, oder die Leute kümmerten sich nicht darum, was in ihre Kästen geworfen wurde. Einige der Türchen waren ausgebeult.
Pepper überflog die Namensschilder, konnte aber nichts entdecken, was ihm auffällig erschien. Von dem kleinen Flur aus führte eine Steintreppe nach oben und ein schmaler Korridor nach hinten. Pepper durchschritt den Korridor rasch, kam an einer Aufzugstür vorbei und trat Sekunden später auf einen Hof hinaus, der durch weiße Streifen aufgeteilt und als Parkplatz ausgewiesen war. Heute, am Sonntag, war dieser Platz leer.
Wahrscheinlich hatte Gonzales den gleichen Weg genommen wie Pepper und war nun den jungen Leuten auf den Fersen. Der Detektiv beschleunigte seine Schritte, umrundete das Haus und erreichte wieder die Fußgängerzone. Er begann zu laufen und hastete die Treppen zur S-Bahn-Haltestelle hinauf. Der Zug fuhr gerade ein, als er den Bahnsteig erreichte. Pit, Petro und die anderen stiegen in den ersten Wagen. Pepper bückte sich, als ob er etwas aufheben wollte, und sah sich dabei um. Hinter einem Zeitungskiosk trat Gonzales hervor. Pepper lief auf die Tür des S-Bahn-Wagens zu und schaffte es gerade noch einzusteigen. Gonzales war ebenfalls in letzter Sekunde durch die Tür gerannt, die sich zischend hinter ihm schloß.
Pepper setzte sich. Er war etwas außer Atem. Gonzales blieb stehen und faßte nach einem der Haltegriffe. Als einmal der Durchstieg zum vorderen Wagen geöffnet wurde, trat er rasch einen Schritt zur Seite, so daß er durch die Öffnung nicht gesehen werden konnte. Es waren nur wenige Fahrgäste im Zug. An der vorletzten Haltestelle stieg der letzte, der außer Pepper und Gonzales im Wagen war, aus. Gonzales fixierte den Detektiv, der sich wieder in seine Zeitung vertieft hatte.
Der Zug fuhr in die Endstation ein.

»Alles aussteigen, der Zug endet hier«, sagte eine mechanisch klingende Stimme über Lautsprecher.
Pepper faltete die Zeitung zusammen. Er kannte die Gegend gut. Von hier aus gelangte man in den Erlacher Forst.
Pepper erinnerte sich auch daran, daß nicht weit von der Endstation früher der große Sandsteinbruch gewesen war. Vor Jahrzehnten wurden dort noch die Quader herausgebrochen und Steine für den Bau von Häusern geschnitten. Später ging das Geschäft mit den Sandsteinen zurück. Sie wurden vor allem für Gartenmauern und Fassadenverschönerungen gebraucht. Große Maschinen, die aus den Steinen Sand mahlten, wurden eingesetzt. Schließlich aber lohnte sich der Abbau gar nicht mehr, und man ließ den Steinbruch einfach liegen. Erst seit zwei Jahren hatte die Stadtverwaltung damit begonnen, nach und nach Erde aufschütten zu lassen und die Gegend wieder zu begrünen.
Gonzales stand unschlüssig in der Tür. Pepper murmelte eine Entschuldigung und drückte sich rasch an ihm vorbei. Pit, Petro und die anderen hatten schon den Bahnsteig verlassen, als Pepper auf die Treppe zuging, die zu einer schmalen Landstraße hinunterführte. Er sah aus den Augenwinkeln, daß nun auch Gonzales aus dem Zug heraustrat, über den Gehsteig zu einem Geländer ging und sich darüber beugte, um auf die Landstraße hinunterzuschauen. »Ist es weit?« fragte Arnica, als sie die Landstraße erreicht hatten.
Der Himmel hatte sich wieder bezogen, und ein leichter Nieselregen ging nieder.
»Halbe Stunde«, sagte Petro.
Pit blieb stehen. »Und wie soll ich das Zeug transportieren?«
»Keine Bange, ich hab' eine Karre.«
»So eine wie die, mit der du die Zeitungen transportiert hast?« fragte Arnica.
»Ja, sogar zwei davon.«
Pit nickte zustimmend. Er drehte sich um und sah gerade noch, wie Gonzales den Kopf zurückzog. Pepper hatte sich vor einen

Schaukasten gestellt, in der eine Umgebungskarte mit eingezeichneten Wanderwegen hing.
»Du, ich glaube, uns verfolgt einer«, sagte Pit.
Hans sah sich um. »Der Graukopf dort?«
»Nein!« Pit hätte beinahe lachen müssen. »Ein fetter Typ mit einem unheimlichen Stiernacken und so einem Borstenschnitt. Sieht nicht sehr vertrauenerweckend aus.«
Petro blieb abrupt stehen. »Klein oder groß?«
»Eher klein. So ein Gedrungener mit ganz kurzem Hals. Man hat das Gefühl, sein Kopf sitzt direkt auf den Schultern.«
Petro und Hans sahen sich an, sagten aber nichts.
»Kennt ihr den?« fragte Jonny.
»Wie soll ich das sagen, wenn ich ihn noch gar nicht gesehen habe?«
»Auch wieder wahr«, sagte Pit obenhin. Er hatte die Veränderung, die mit Petro vor sich gegangen war, genau registriert. Sein Gesicht war plötzlich noch bleicher als sonst, kleine Schweißperlen standen auf seiner Stirn, und er atmete, als ob er einen Dreitausendmeterlauf hinter sich hätte.
Auch seinem Freund Hans schien es unbehaglich geworden zu sein. Er war unschlüssig stehengeblieben.
Pit tat so, als ob er dies alles nicht bemerkt hätte.
»Gehen wir weiter oder wollt ihr erst überprüfen, ob uns nicht wirklich einer nachkommt?«
Stumm ging Petro weiter auf einen Waldsaum zu. Erst als sie kurz davor waren, konnte man erkennen, daß zwischen dem dichten Buschwerk, das den Wald begrenzte, ein schmaler Durchlaß war, der den Anfang eines Trampelpfades bildete. Kaum hatten sie Waldboden unter ihren Füßen, da begann Petro zu laufen.
»Was ist denn?« rief Arnica.
»Los!« schrie er, »kommt mit!«
»Ich kann aber nicht so schnell rennen!« Arnica blieb trotzig stehen. Dabei stimmte das gar nicht, denn sie war eine ausgezeichnete Läuferin und konnte es mit jedem Jungen aufneh-

men. Petro kümmerte sich nicht um sie, sondern beschleunigte seine Schritte sogar noch. Laut schimpfend nahm Arnica die Verfolgung auf.
Petro mußte den Wald sehr genau kennen. Zielsicher lief er zuerst durch eine Schonung, dann durch einen lichten Hochwald und einen steilen Abhang zu einer Schlucht hinunter.
»Warum denn so eilig?« fragte Pit, der locker neben seinem Namensvetter herlief. Auf Sprintstrecken war Pit nicht sonderlich schnell, aber er war der geborene Langläufer.
»Wir werden tatsächlich verfolgt. Das erklär' ich dir später.«
Petros Atem ging schon schwer. Hans dagegen schien der Lauf gar nichts auszumachen. Jonny war längst in Schrittempo verfallen. Das war nicht seine Sache, wie ein Wildschwein durch die Wälder zu schnüren.
Schließlich setzte er sich sogar an eine kleine Böschung und zog einen Schuh aus, um ihn auszuschütteln. Arnica lief an ihm vorbei und rief: »Mensch, los, vielleicht braucht Pit uns gegen die!«
Aber Jonny sagte nur: »Er hätte ja warten können!«
Jetzt wanderte er im Tempo eines Spaziergängers weiter.
Durch die Schlucht verlief ein schneller Waldbach. Ihm folgte Petro stromaufwärts. Der Weg neben dem Wasserlauf war kaum mehr zu erkennen. Hier schien oft wochenlang niemand durchzukommen. Vor ihnen tauchte ein kantiger, steil aufragender Fels auf. Petro verlangsamte das Tempo, und als er den Steinbrocken erreichte, blieb er stehen.
»Wartet«, sagte er. Geschickt stieg er an dem steilen Felsen hinauf. An der Sicherheit, mit der er Tritte und Griffe fand, war zu erkennen, daß er schon oft auf dem gleichen Weg hinaufgeklettert war. Oben angekommen, sah er sich aufmerksam nach allen Seiten um, kletterte dann gewandt wieder herab und nickte zufrieden.
»So weit, so gut! Jetzt kommt mit!«
Sie gingen im Gänsemarsch um den Felsen herum. Auf seiner Rückseite lag ein schwerer Stein, der sich irgendwann einmal weiter oben gelöst haben mußte und herabgestürzt war.

»Faßt mal mit an!« forderte Petro die anderen auf.
Er, Hans und Pit wälzten den Stein zur Seite.
»Donnerwetter«, entfuhr es Pit, »ein Einstieg in eine Höhle.«
»Nicht gerade eine Höhle, aber doch eine tiefe Kuhle«, sagte Petro. »Ich darf vorangehen« – wieder machte er eine seiner großspurigen Gesten und stieg über ein paar festgetretene Stufen hinab. Pit folgte als nächster, danach Arnica und schließlich Hans.
Der Hohlraum unter dem Fels hatte etwa die Ausmaße eines kleinen Zimmers und war erstaunlich trocken. Übereinandergetürmt standen Kisten und Kartons. Hans pfiff durch die Zähne. »Wie hast du das nur gemacht, die Sachen hätten wir alle bei Gonzales...«
»Halt's Maul!« fuhr ihn sein Freund grob an, »willst du alles auf einmal verraten?«
Hans machte eine Geste, die sagte: ›Was soll's, viel ist sowieso nicht mehr zu verbergen.‹
Pit öffnete die oberste Kiste. Ein nagelneues Radiokassettendeck kam zum Vorschein. Er hob den Karton vorsichtig herunter und untersuchte die nächste Schachtel. Sie enthielt eine Kamera.
»Eine Videokamera«, sagte Petro stolz, »das Aggregat steckt in der nächsten Kiste. Wert 12000 Mark.«
Pit wich zurück. »An solche Größenordnungen hab' ich nicht gedacht!«
»Hast du gemeint, ich hätte nur Kleinkleckerkram?«
»Es geht mir nicht so sehr darum, was du zu verkaufen hast, sondern darum, was du gestohlen hast. Nein du, damit will ich nichts zu tun haben!«
Pit wandte sich dem Ausgang der Höhle zu. Petro packte ihn hart an der Schulter und wirbelte ihn herum. »So nicht, mein Lieber!« sagte er giftig, »jetzt bleibst du schön hier!«
Petro ließ Pit los und machte zwei schnelle Schritte von ihm weg. Dann hatte er plötzlich ein glitzerndes Ding in der Hand. Arnica stieß einen spitzen Schrei aus.

Hans rief: »Bist du verrückt, wo hast du das her?«
Pit starrte nur stumm auf das helle Metall.
»Ich überlasse nichts dem Zufall«, verkündete Petro.
»Du redest wie im Kino«, sagte Hans, »steck das Ding weit weg, ja.«
»Ich denke ja nicht daran!«
»Eine Pistole!« flüsterte Arnica atemlos.
»Ich habe Angst«, sagte Hans.
»Rück' die Scheine raus!« sagte Petro zu Pit.
Pit stand noch immer regungslos. Schließlich sagte er mit rauher Stimme: »Du, ich kenn' mich da ein bißchen aus, Petro. Das ist ein bewaffneter Raubüberfall. Bisher war es nur Einbruch oder Diebstahl, aber jetzt...« er ließ den Satz in der Luft hängen, wie das sonst nur Peppers Art war.
»Quatsch mir nicht die Ohren voll, gib das Geld her. Das ist kein Überfall, sondern ein Geschäft: Geld gegen Ware. Du rückst die tausend Mark raus und kannst alles behalten, was hier steht. Das Zwanzigfache kriegst du dafür.«
»Du willst etwas verkaufen, was dir gar nicht gehört!«
Pit fühlte sich völlig hilflos. Irgendwie hatte er sich ein wenig mit diesem großspurigen Jungen angefreundet. Er hatte gespürt, daß Petro mehr aus Verzweiflung als aus eigenem Antrieb gehandelt hatte. Aber jetzt richtete dieser Junge eine Waffe auf ihn. Eine Waffe zudem, mit der er ganz bestimmt nicht umgehen konnte. Pit schwirrten alle Schreckensmeldungen darüber, was beim Spielen mit Pistolen und Gewehren oder beim Versuch, sie auszuprobieren, schon angerichtet worden war, durch den Kopf.
»Mann, Mann, Mann«, seufzte er und öffnete seine Jacke.
»Seid ihr da unten irgendwo?« tönte Jonnys Stimme von oben.
Niemand antwortete.
Pit zog das Geldbündel hervor.
Und dann schien alles auf einmal zu geschehen: Eine barsche Stimme schnauzte draußen: »Geh mal zur Seite, du halbe Portion!«

Dann waren schwere Schritte zu hören. Ein Schuß peitschte. Petro griff entsetzt an seine rechte Schulter und brach in die Knie. Seine Pistole fiel auf den Boden und kullerte davon. Arnica stürzte zu ihm und legte die Arme um ihn. Pit fuhr herum und starrte in das Gesicht von Gonzales, der den Einstieg völlig ausfüllte und eine Pistole in der Hand hatte.
»Warum... warum...«, stotterte Pit, »warum haben Sie das getan?«
»Er hat auf mich gezielt«, knurrte Gonzales.
»Los, bringt die Sachen raus!« Er winkte mit dem Lauf seiner Waffe Richtung Ausgang.
Petro stöhnte leise. Arnica hatte ein Taschentuch in der Hand und tupfte das Blut ab, das durch seine Jacke drang.
»Giovanni, an die Arbeit!« kommandierte Gonzales.
»Gott sei Dank, da kommt PP!« hörte man die Stimme von Jonny.
Gonzales fuhr herum. »Was ist?«
Jonny begriff, daß dies eine Möglichkeit war, Gonzales durcheinanderzubringen. »...und Rübenach mit ein paar Polizisten«, fuhr er fort, obwohl er nur Paul Pepper sehen konnte, der mit weit vorgeneigtem Kopf den Spuren der jungen Leute folgte.
Gonzales sprang mit zwei Sätzen ins Freie, stieß Jonny zur Seite, sah Pepper und hetzte die steile Böschung hinter dem freistehenden Felsen hinauf.
Pit kam die Stufen herauf. Wütend bückte er sich, hob einen Stein auf und warf ihn hinter Gonzales her. Aber der Flug des Steines wurde von Zweigen und Blattwerk gebremst. Wirkungslos polterte das Geschoß auf den felsigen Untergrund und kullerte den Hang herunter, bis es wieder direkt vor Pits Füßen lag.
Pepper war nun herangekommen. »Ist etwas passiert?« fragte er. »Ich dachte, ich hätte einen Schuß gehört.«
Pit nickte. »Kommen Sie mit!«
Minuten später richtete sich Pepper auf und wischte den

Schweiß von der Stirn. »Die Verletzung ist sicher nicht lebensgefährlich, aber er verliert viel Blut. Wir müssen uns beeilen. Pit, du läufst zurück und versuchst, vom ersten Haus aus die Polizei zu erreichen. Wir brauchen vor allem einen Krankenwagen, noch besser einen Hubschrauber. Wir versuchen, eine Bahre oder etwas Ähnliches zu bauen, und tragen ihn vorsichtig bis zur nächsten Wegkreuzung.«

»Und Gonzales?« fragte Hans.

»Den kriegen wir auch noch!« knurrte Pepper böse.

Er hielt die silberne Pistole in der Hand, mit der Petro Pit bedroht hatte.

»Eine teure Waffe«, sagte er und ließ das Magazin herausspringen. Es war leer.

Während Pit zurückhetzte, bauten die anderen, so schnell sie konnten, aus Stangen, Zweigen, ihren Jacken und Pappen, die in der Höhle herumlagen, eine Bahre und brachten den bewußtlosen Jungen über den schmalen Waldweg zu einer Kreuzung zweier befahrbarer Waldsträßchen.

Der Sanitätswagen ließ nicht lange auf sich warten. Ein Notarzt war dabei. Er untersuchte Petro, wiegte den Kopf hin und her und sagte: »Da wird wohl gleich eine Bluttransfusion nötig sein.«

»Aber wir wissen die Blutgruppe nicht«, sagte einer der Sanitäter.

»Behelfen wir uns mit Blutersatz – einstweilen. In der Klinik bestimmen wir dann sofort die Blutgruppe.«

Der Arzt sah die jungen Leute an: »Ich bin sicher, wir bringen euren Freund durch!«

»Freund?« Pit schüttelte heftig den Kopf und sah verwundert, wie Pepper die Pistole heimlich in seiner Hosentasche verschwinden ließ.

Der Krankenwagen fuhr los. Auf der improvisierten Bahre blieb auch Petros Jacke zurück. Pepper untersuchte sie und brachte einen Personalausweis hervor. »Peter Sabin«, las er leise, »Heinestraße 16, Großpirlach.«

Pepper sah Hans an: »Wohnen da seine Eltern?«
»Ich weiß nicht, er redet nicht viel über zu Hause, nur eben, daß sich seine Eltern nie vertragen haben.«
Pepper nickte und stieß die Luft durch die Nase aus.
»Dann laßt uns mal gehen und Rübenach ein Geständnis ablegen.«
Aber dazu mußten sie nicht weit gehen. Rübenach kam mit seinem Dienstwagen den geschotterten Waldweg heruntergefegt.
»Wann macht der Mann bloß mal ein bißchen Freizeit?« knurrte Pepper. »Dem kann man nie entgehen, nicht am Sonntag, nicht an Feiertagen, nicht einmal bei Nacht!«
Rübenach wuchtete seinen massigen Körper aus dem Auto und kam mit gesenktem Kopf, wie ein Stier, auf die kleine Gruppe zu.
Drei Polizeifahrzeuge, die er offensichtlich unterwegs abgehängt hatte, hielten hinter seinem Wagen.
»Also?« bellte er.
»Kommen Sie mit«, sagte Pepper und ging voraus zu der Felsenhöhle.
Rübezahl untersuchte die Kartons und verwandelte den Höhlenraum binnen zehn Minuten in ein absolutes Chaos, dann stapfte er über die Steinstufen wieder hinaus ans Tageslicht und brüllte: »Da haben also die Herrschaften wieder einmal gedacht, sie könnten ohne die Polizei ... was?«
Pepper schmunzelte. »Jetzt weiß ich, was mir den ganzen Tag schon fehlt!«
»Und das wäre?«
»Ihr Gebrüll, Rübenach!«
Rübezahls rot angelaufener Kopf verfärbte sich ins Bläuliche.
»Vorsicht, Pepper, ich kann Sie ganz schnell in die größten Schwierigkeiten bringen!«
»Kümmern Sie sich lieber um Ihre Arbeit«, gab der Detektiv gelassen zurück und setzte sich auf einen Stein. »Pit kann Ihnen berichten.«
Rübenach hob den Kopf. Seitdem Pit im Fall mit den sechs

Dunkelmännern* dem Kommissar einen großen Fahndungserfolg verschafft hatte, genoß der Junge bei Rübenach eine eigenartige Achtung.
»Na dann«, sagte er plötzlich milder gestimmt, »schieß mal los: kurz, präzise und nichts vergessen!«
Pit schilderte alles, was bisher geschehen war. Rübenach nickte ein paar Mal, schüttelte dazwischen aber auch immer wieder den Kopf, als ob er sagen wollte: ›Das ist doch ausgeschlossen‹, und sagte schließlich: »Gut, das war ein sauberer Bericht. Diesen Peter Sabin haben wir also erst mal auf Nummer Sicher und diesen jungen Mann da« – er deutete auf Hans – »nehme ich erst mal mit!«
»Warum?« Hans wich einen Schritt zurück.
»Damit du mir viele schöne und möglichst wahre Geschichten erzählen kannst«, antwortete Rübezahl mit dem Grinsen eines hungrigen Wolfs.
»Sperren Sie mich ein?«
»Mal sehen, kommt drauf an. Vielleicht bist du ja auch froh, wenn du ein Dach über dem Kopf hast, mein Sohn. Es ist nämlich Regen angesagt!«
Ohne auf Pepper, Pit, Arnica und Jonny zu achten, packte der Kommissar Hans am Arm und schob ihn vor sich her zu seinem Auto. Unterwegs gab er Befehle an die uniformierten Polizisten: »Tatort sichern, Fotos machen, ich will eine genaue Aufstellung des gesamten Diebesgutes. Und jede Spur, die ihr finden...«
»...und die er nicht verwischt hat«, flüsterte ein Beamter seinem Kollegen leise zu, allerdings nicht leise genug.
Rübenach fuhr herum, ohne seinen Gefangenen loszulassen. »Ich werde dafür sorgen, daß Ihr Wochenenddienst um sechs Stunden verlängert wird, Hauptwachtmeister Stadler, daß das klar ist!«
Doch der Beamte, den er mit Stadler angeredet hatte, schien

* Siehe *Paul Pepper und die sechs Dunkelmänner,* Franckh Verlag, Stuttgart.

dies gelassen zu nehmen. Er sagte steif: »Wenn Sie es schon gehört haben, Herr Rübenach, Sie haben auf unverantwortliche Weise Spuren verwischt und das Diebesgut durcheinandergebracht. Ich werde es fotografieren, wie Sie es befohlen haben. Aber genau in dem Zustand, in dem Sie es hinterlassen haben!«
Rübenach schnappte nach Luft, fuchtelte mit seinem freien Arm in der Luft herum, wurde aber dann von einer Sekunde auf die andere ganz ruhig, nickte und sagte: »Das lob' ich mir. Zivilcourage! Gut, Stadler, werde Sie an höherer Stelle lobend erwähnen!« Und dann stapfte er davon.
Stadler sah seinen Kollegen sprachlos an und hörte kaum, wie der sagte: »Hast du schon mal einen so unberechenbaren Vorgesetzten erlebt?«
Stadler schüttelte stumm den Kopf.
Pepper sagte: »Unberechenbar ist er, aber er ist eben auch ein As in seinem Beruf!« Dann ging er mit seinen Freunden langsam zurück.
Pit machte das soeben überstandene Erlebnis noch immer zu schaffen. »Ob der abgedrückt hätte?« sagte er leise.
»War ja nichts im Magazin«, entgegnete Pepper.
»Schon, aber das wußte er ja sicher nicht.«
»Und außerdem war die Waffe sogar noch gesichert.«
»Trotzdem!« Pit blieb etwas hinter den anderen zurück. Er dachte darüber nach, wie es möglich war, daß ein Mensch einen anderen einfach so anschoß oder lebensgefährlich verletzte. Gonzales hatte geschossen. Ob er bewußt auf die rechte Schulter gezielt hatte? Wie konnte nur ein Mensch einen anderen so angreifen? Pit schüttelte den Kopf.
Arnica wartete auf ihn und ging neben ihm her. »Was hast du denn?« fragte sie nach einiger Zeit.
»Ich denke gerade, daß ich bestimmt niemanden verletzen oder umbringen könnte. Das wäre, als ob ich mich selbst umbringen oder verletzen würde, verstehst du das?«
»Nicht ganz.«
»Überleg' doch mal. Wenn Petro geschossen hätte?«

»Das will ich mir nicht überlegen«, sagte Arnica schnell.
»Alles kann man wieder gutmachen, aber wenn man auf jemanden schießt...« Pit redete nicht weiter.
Sie gingen lange wortlos nebeneinander her, bis endlich Arnica ihren Arm unter seinen schob.
»Ich kann nicht drüber nachdenken«, sagte sie. »Ich könnte jedenfalls niemandem so etwas tun.«
»Ich auch nicht«, sagte Pit, »das hoffe ich wenigstens.«
Sie schlossen zu den anderen auf. Jonny, der neben Pepper ging, sah sich um und lästerte: »Ihr kommt daher wie ein altes Ehepaar!«
Aber Pepper, der ein feines Gespür für Stimmungen hatte, sagte: »Laß mal, Jonny«, legte seinen schweren Arm um die Schultern des Jungen und beschleunigte seinen Schritt.

Ein Angebot der anderen Seite

Hauptkommissar Rübenach hatte Paul Pepper und Peter Küster zu sich in sein Büro gebeten. Es war Sonntag abend. Das Polizeipräsidium wirkte wie ausgestorben, als der Detektiv und sein junger Freund den langen, kahlen Korridor im dritten Stock entlanggingen, um an der olivgrünen Tür mit der Nummer 344 zu klopfen.
»Herein!« donnerte Rübezahls Stimme.
Er machte sich nicht die Mühe aufzustehen. Wortlos deutete er auf zwei gelbliche Holzstühle vor seinem Schreibtisch, der wie immer mit unordentlichen Aktenstapeln bedeckt war. Auf dem höchsten Ordnerberg stand eine Untertasse, in der sich eine Unmenge Zigarettenkippen angesammelt hatte.
Rübenach hatte die Krawatte geöffnet und lose um den Hals hängen. Sein Hemd stand offen bis fast zum Bauchnabel.

Pit und Pepper nahmen Platz.

»Ich habe diesen Hans, den sie in der Bande Giovanni nennen, weiß der Himmel, warum...« Rübezahl unterbrach sich und begann nochmals: »Also, diesen Hans hab' ich zwei Stunden lang verhört. Das Bild, das sich danach ergibt, ist ziemlich eindeutig: Dieser Gonzales ist nur eine Art ›Feldwebel‹ in der gesamten Verbrecherorganisation. Die ›Offiziere‹ sitzen irgendwo versteckt und lenken den ganzen Laden. Wir müssen davon ausgehen, daß die organisierten Jugendbanden nur ein kleiner Teil des Ganzen sind. Wenn sie gebraucht werden, setzen die Offiziere diese Banden gezielt ein, und ansonsten gehen sie ihrem Job nach. Wenn man genug junge Kerle stehlen und einbrechen läßt, summiert sich das am Ende auch ganz schön. Ich habe mir einmal die Mühe gemacht zusammenzurechnen, was allein die Jugendbande in unserer Stadt so alles geklaut hat.« Er zog einen Zettel zu sich heran, der mit Zahlen bedeckt war. »Elf Jungen hat dieser Gonzales in seiner Mannschaft gehabt. Ihre Tageseinkünfte schwankten zwischen 120 und 870 Mark, wohlgemerkt: pro Tag!!! Dabei wissen wir ja jetzt, daß zum Beispiel Peter Sabin das wertvollste Beutegut für sich selbst behalten hat. Er wird nicht der einzige gewesen sein. Die Bande setzte sich aus Jungen zusammen, die aus dem Elternhaus oder einem Erziehungsheim davongelaufen sind. Einige haben auch das Jugendgefängnis schon von innen gesehen. Wir wissen längst, daß solche Jugendliche einen sehr guten Kontakt zueinander halten. Sie wissen voneinander, haben ihre Treffs, geben Informationen weiter und halten zusammen wie Pech und Schwefel. Dieser Sabin gehört zu der Sorte, bei Hans würde ich das nicht so präzise sagen. Und dann gibt es da noch so eine Art Satelliten. Junge Burschen, die mal eine Zeitlang mitmachen und dann ganz schnell wieder zu Hause unterkriechen. Wir haben auch welche dabei, die daheim brave Söhnchen spielen und am Abend oder auch schon am Nachmittag richtige kleine Verbrecher sind. Wenn deren Eltern irgendwann einmal erfahren, was der Herr Sohn so in seiner Freizeit

treibt, fallen sie oft nicht nur aus allen Wolken, sondern manchmal sogar in Ohnmacht.« Rübenach rieb sich die Augen. »Das ist die Situation.«
Pepper und Pit hatten geduldig zugehört. Sie wußten, wie sehr es der Kommissar liebte, seine Fahndungsergebnisse und seine Gedanken auszubreiten. Am liebsten tat er das vor der Presse. Aber soweit, daß er eine Pressekonferenz geben konnte, war er in diesem Fall noch lange nicht.
Rübezahl verschränkte die Arme hinter dem Nacken und streckte sich. »Diesmal habt ihr mir wirklich geholfen«, sagte er ungewöhnlich freundlich zu Pit, »das wollte ich auch mal sagen.«
Pepper musterte Rübezahl mißtrauisch. So viel Freundlichkeit war bei dem Kommissar so selten wie Schnee im August.
»Sagen Sie lieber gleich, was Sie wollen!« meinte Pepper.
»Tja, wir haben da ein paar wichtige Hinweise auf eine der erfolgreichsten Banden. Sie operiert in Hamburg. Im Augenblick sehen wir keine Möglichkeit, an die Drahtzieher im Hintergrund heranzukommen.«
Er schwieg.
Pepper stand auf und ging zum Fenster. Er sah auf die menschenleere Straße hinab. Die Lampen malten helle Kreise auf den dunklen Straßenbelag.
»Ich bin dagegen«, sagte er.
»Wogegen?« fragte Rübenach scheinheilig.
»Ach, hören Sie doch auf, Versteck zu spielen. Sie suchen einen Jungen, der sich in die Bande einschleicht, einen Geheimagenten im Milieu der kleinen Diebe.«
»Interessante Idee«, bemerkte Rübenach und begann, mit der Büroschere seine absolut sauberen Fingernägel zu reinigen.
Jetzt ergriff Pit das Wort: »Es ginge sowieso nicht. Ich kann in der Schule nicht fehlen.«
»Aber du hast bald Herbstferien.«
»Damit haben Sie sich verraten, Rübenach«, sagte Pepper böse, »Sie haben nie an etwas anderes gedacht.«

Der Kommissar hob die Schultern und sagte nichts.
»Es muß einen anderen Weg geben«, erklärte Pit.
»Und der wäre?« fragte Rübenach.
»Sie sagen doch, außer Hans und Petro seien noch neun Jungen dabei gewesen. Die müßte man einmal auftreiben. Und dann ist da ja immer noch dieser Gonzales. Wenn der sozusagen hier der örtliche Boß ist, wird er vielleicht versuchen, die Scharte auszuwetzen und seine Organisation neu aufzubauen.«
»Möglich.« Der Kommissar schien nicht so ganz davon überzeugt zu sein.
»Für uns ist das jedenfalls nichts«, sagte Pepper entschieden.
»Sind Sie denn so beschäftigt zur Zeit?« fragte Rübenach lauernd.
»Sie wissen ganz genau, daß das nicht der Fall ist. Aber ich kann ganz gut von dem leben, was ich angespart habe«, sagte Pepper vorsichtig.
»Na gut, aber Sie würden doch sicher gerne wieder etwas zu tun haben, wie ich Sie kenne, nicht wahr? Da geht es nicht immer nur nach dem Geld.«
»Ich bin ja nicht so süchtig nach Arbeit wie Sie«, gab Pepper bissig zurück.
»Trotzdem!«
»Was wollen Sie eigentlich?« fuhr Pepper auf. »Können Sie mir einen Auftrag geben, bei dem ich etwas verdiene?«
»Ja!« sagte der Kommissar schlicht.
Pepper, der noch immer zum Fenster hinausstarrte, fuhr herum. »Wie war das?«
»Sie haben mich ganz gut verstanden. Die Kripo hat einen Etat für Sonderfälle. Wir müssen gelegentlich auch mal Informationen kaufen.«
»Ja, sicher, von Spitzeln aus der Unterwelt, das war schon zu meiner Zeit so.«
»Und daran hat sich nichts geändert.«
»Aber ich bin kein Spitzel.«
»Das behauptet ja auch niemand, aber der Polizeichef hat mich

ausdrücklich ermächtigt, Ihnen ein Honorarangebot zu machen.«
Pepper ließ sich auf seinen Stuhl fallen. Das war zuviel. Seit Jahren haßte dieser Rübezahl nichts mehr als Privatdetektive im allgemeinen und Paul Pepper im besonderen. Wie oft hatten sie sich schon in den Haaren gelegen, seitdem Pepper die Polizei verlassen und sein eigenes Detektivbüro aufgemacht hatte. Nichts war für Rübezahl schlimmer als die Einmischung des früheren Mitarbeiters in einen Fall. Und jetzt auf einmal wollte derselbe Rübezahl ihn anwerben.
»Da steckt doch was dahinter«, sagte Pepper.
»Stimmt«, gab der Kommissar offen zu, »Sie verfügen über eine Truppe von jungen Helfern. Zugegeben, ich hab' mich mehr als einmal über diese vorwitzigen jungen Leute geärgert. Aber diesmal brauchen wir sie. Und es gibt niemanden außer Ihnen, Pepper, der sie bei einem solchen ... sagen wir mal: Einsatz – führen könnte.«
Pepper stand wieder auf und ging auf den knarrenden Dielenbrettern hin und her. Schließlich blieb er breitbeinig vor dem Schreibtisch Rübenachs stehen. »Gut, aber ich allein bestimme, was Pit, Jonny und Arnica tun. Ich sorge dafür, daß sie auch nicht eine Sekunde in Gefahr kommen.«
Rübenach hob beide Hände: »In Ordnung, in Ordnung, niemand wird Ihnen dreinreden. Und wenn Sie den ersten Zipfel erwischt haben, übergeben Sie sofort an uns. Ich will nicht, daß Ihre jungen Leute die Bosse der Bande stellen. Ich will nur einen Einstieg, einen Zugang, zu diesen Banden. Sie glauben ja nicht, wie verschlossen diese jungen Nachwuchsgangster sind. Gesprächig werden sie erst, wenn sie in die Jahre kommen. In diesem Alter gilt ein Versprechen noch, und ein Schwur ist heilig.«
»Also gut, dann machen Sie mal Ihr Angebot!«
»Wir zahlen Ihren normalen Tagessatz, solange Sie für uns tätig sind.«
»Vierhundertzwanzig plus Spesen.«

»Gut.«
Pepper nickte Pit zu und sagte: »Dann laß uns mal gehen, Polizeimitarbeiter!«
»Viel Glück«, rief ihnen Rübenach hinterher.
Draußen vor der Tür blieb Pepper stehen.
»Unsinn ist das!« sagte er.
»Aber wieso?« fragte Pit.
»Weil ich gar nicht daran denke, dich oder Jonny in so eine Bande einzuschmuggeln. Den Fall muß man auch ohne solche Mätzchen lösen können.«
»Ich würde das aber gerne versuchen«, entgegnete Pit.
»Glaube ich dir, aber mach du mal deine Hausaufgaben für die Schule und sieh zu, daß du deine Mutter nicht vernachlässigst. Wenn ich dich brauchen sollte, werde ich's dir sagen.«
»Aber mit Petro könnte ich doch mal sprechen. Ich besuche ihn im Krankenhaus.«
»Dagegen ist nichts einzuwenden«, sagte Pepper.
Sie gingen durch den langen Korridor und das Treppenhaus. Ein uniformierter Polizist kam ihnen entgegen und grüßte freundlich. Irgendwo schrillte lange und anhaltend ein Telefon. In einem der unteren Stockwerke schlug eine Tür zu.
»Ist das vielleicht öde hier am Sonntagabend«, sagte Pit.
»Ich habe früher am liebsten an solchen Tagen gearbeitet.« Pepper redete sonst selten über seine Zeit bei der Polizei. »Mir hat das Spaß gemacht, Fahndungsakten zu studieren, während draußen die Leute oft nicht so recht wußten, was sie mit ihrem Sonntag anfangen sollten. Dafür hatte ich dann an einem gewöhnlichen Werktag frei. Und das Gefühl, alle anderen arbeiten, während ich nichts tun mußte, war herrlich.«
»Es gibt aber genug Leute, denen kommt das heute gar nicht so vor«, erwiderte Pit.
»Ich rede von einer Zeit, als praktisch niemand arbeitslos war. Ich hatte ja einen Job und mußte in der übrigen Zeit auch sehr viel arbeiten. Meinst du, mit Rübenach als Chef wäre man mal dazu gekommen, Däumchen zu drehen?«

»Ach, der war Ihr direkter Vorgesetzter?«
»Dreieinhalb Jahre lang, ja!«
»Ist das denn gutgegangen?«
»Eben nicht!« Pepper lachte leise in sich hinein. »Aber irgendwie mag ich ihn doch.«
»Ich glaube, umgekehrt ist es genauso«, sagte Pit.
»Ja, meinst du wirklich?«
Sie gingen an der Pforte vorbei auf die Straße hinaus.

Tags darauf, am Montagnachmittag, gingen Pit und Arnica ins Städtische Krankenhaus.
Peter Sabin lag in einem Einzelzimmer. Als Pit und Arnica leise den Raum betraten, hatte er die Augen geschlossen. Er sah bleich und eingefallen aus, sein rechter Arm lag auf der Bettdecke. Die Schulter war mit einem dicken Verband versehen. Pit zog die Tür hinter sich zu. Die Augenlider des Jungen flatterten ein wenig und hoben sich dann. Erstaunt sah er die beiden an. »Ihr?«
»Tag«, sagte Pit, »wie geht's?«
»Na ja«, mehr brachte Petro nicht heraus.
Arnica und Pit zogen Stühle zum Bett heran und setzten sich. Pit legte ein Päckchen auf den Nachttisch.
»Ich hab' dir was zu lesen mitgebracht.«
»Danke!«
Petro hatte dunkle Ringe um die Augen und wirkte ungewöhnlich ernst.
»Was wollt ihr?« fragte er.
»Nichts. Dich besuchen.«
»Aber warum, schließlich ... ich meine, das gestern...«
Pit grinste: »Du hast ja nicht geschossen. Du hättest gar nicht schießen können, weil gar keine Munition im Magazin war.«
»Aber ich wollte dein Geld haben.«
»Vergiß es!«
Sie schwiegen eine Weile, bis Arnica das Wort ergriff. »Du bist ja schon wieder gut auf dem Damm«, sagte sie.

»War nicht so schlimm, hat der Arzt gesagt, die Kugel ist glatt durchgegangen. Ich hab' bloß Blut verloren, und das füllen sie einem ja gleich wieder ein. Und ich hab' ziemlich Fieber und bin unheimlich matt.«
»Also mußt du hier noch eine Weile bleiben?« fragte Pit.
»Sieht so aus. Ist ja auch nicht schlecht. Immer noch besser als Knast.«
»Warst du schon mal im Gefängnis?« fragte Arnica neugierig.
»Ich sollte mal drei Monate rein, aber dann hat mich der Jugendrichter zu einem sozialen Dienst, wie das heißt, verdonnert.«
»Und was war das?«
»Der reine Schwachsinn. Ich wurde dem Gartenbauamt zugeteilt und mußte im Stadtpark den ganzen Müll, den die Leute wegwerfen, zusammenlesen.«
»Das ist aber doch immer noch besser als Gefängnis«, meinte Arnica.
»Schon. Na ja. Einmal, da bin ich gerade mit meiner Müllkarre einen Gartenweg entlanggegangen, da seh' ich, daß eine Handtasche auf einer Bank steht. Ich geh' hin, schau rein und stell fest, da ist ein Geldbeutel drin. Den hab' ich natürlich eingesteckt. Später hab' ich das noch zweimal geschafft. Aber dann war's ein Lockvogel – Gonzales.«
»Tatsächlich?«
»Ja, er hatte wohl von irgendeinem Kumpel gehört, daß ich schon mal geklaut hatte. Jedenfalls: Ich seh' da eine Handtasche stehen, schau mich um – kein Mensch weit und breit. Ich also hin, die Tasche geschnappt. Und in dem Augenblick, wo ich das Geld rausholen will, packt mich Gonzales an der Schulter. Er hat mir unheimlich eingeheizt. Ich hab' geschlottert vor Angst, kann ich euch sagen. Und dann hat er gesagt, ich soll abends ins ›Rocky‹ kommen.«
»Rocky? Was ist denn das?«
»Eine Kneipe. Ein Treff. Ich bin hin, und Gonzales hat schon gewartet. Da waren noch zwei dabei. Der Michael und der Stef-

fen. Die haben damals schon für ihn gejobbt. Ich hab' natürlich gleich gemerkt, was Sache ist. Bin ja nicht blöd.«
»Und hast dich anwerben lassen«, vollendete Pit den Satz.
»Ja.« Petro fuhr sich mit der Hand über die Augen. Dann sah er Pit wieder voll an. »Du willst mich aushorchen!«
Es war keine Frage, sondern klang wie eine Feststellung.
»Stimmt einerseits und stimmt andererseits auch nicht.« Pit wollte nicht lügen. »Der Rübenach würde gerne an Gonzales rankommen, und ich denke, dabei sollte man ihm helfen. Ich will also etwas von dir erfahren. Aber wenn du denkst, daß wir dich nur deshalb besuchen, irrst du dich.«
»Und warum sonst?«
»Schwer zu erklären. Ich hab' irgendwie das Gefühl gehabt, daß wir uns ganz gut verstehen.«
Petro drehte sich zur Wand. »Hör auf mit dem Geschwafel. Im übrigen: Ich habe Freunde genug!«
»Davon kann man nie genug haben«, setzte Arnica entgegen.
Aber Petro hatte gar nicht zugehört. Zur Wand hin sagte er: »Und ich suche mir meine Freunde selber aus!«
Pit erhob sich. »Ich dräng' mich niemandem auf«, meinte er. Er versuchte, nicht zu zeigen, wie verärgert er war, aber das gelang ihm nicht so recht. »Dann werde ich mal gehen. Komm, Arnica.«
»Sei doch nicht so empfindlich«, maulte das Mädchen. »Ihr alle beide seid empfindlich.« Sie legte Petro kurz die Hand auf den Arm und sagte: »Gute Besserung!«
Peter Sabin antwortete nicht. Er drehte sich auch nicht mehr um. Erst als die Tür ins Schloß gefallen war, legte er sich wieder auf den Rücken. Nachdenklich sah er auf die geschlossene Tür. Er fühlte sich sehr alleine.
Auf dem Korridor sagte Pit: »Der kann mich mal am Abend besuchen.«
Arnica schüttelte den Kopf. »Ich versteh' ihn. Morgen besuch' ich ihn wieder.«
»Der schmeißt dich doch bloß wieder raus.«

»Glaub' ich nicht.«
Sie kamen in eine Art Halle, in der die Gänge aus vier Seitentrakten zusammenliefen. Tische und Stühle standen zwischen Zimmerpalmen und anderen grünen Gewächsen herum. An einigen Tischen saßen Besucher mit Patienten, die Bademäntel oder Morgenröcke über ihren Nachthemden und Schlafanzügen trugen. Es roch unangenehm nach Äther und Desinfektionsmitteln.
»Nehmen wir den Aufzug?« fragte Arnica.
Pit schüttelte den Kopf. Vor der Aufzugstür warteten schon mindestens zwei Dutzend Leute. Sie gingen auf das Treppenhaus zu. In diesem Augenblick kam der Aufzug. Die Tür wurde aufgedrückt. Arnica warf einen Blick hinüber. Plötzlich packte sie Pit am Arm. »Gonzales«, flüsterte sie.
Pit fuhr herum. »Wo?«
»Dort am Aufzug!«
In einer Menschentraube, die alle aus dem Aufzug drängten, als ob in den Korridoren des Krankenhauses Schlußverkauf wäre, kam Gonzales aus dem Lift heraus. Er ließ sich mit dem Menschenstrom treiben. Dabei sah er sich aufmerksam um. Pit zog Arnica hinter einen Gummibaum und beobachtete den kleinen, massigen Mann.
Gonzales orientierte sich und schritt dann den Korridor hinunter, den die beiden gerade heraufgekommen waren.
»Was jetzt?« fragte Arnica.
»Du rufst Rübenach an«, Pit wußte die Durchwahlnummer auswendig, »4523666! Und wenn er nicht da ist, versuch es bei Pepper. Inzwischen behalte ich Gonzales im Auge.«
Pit kam hinter dem Gummibaum hervor und deutete mit dem Daumen auf eine Telefonkabine direkt neben dem Aufzug. Arnica rannte darauf zu.
Gonzales ging langsam den Gang hinunter. Immer wieder sah er sich um. Pit hielt sich behutsam zurück. Er suchte ein neues Versteck und stellte sich jetzt in eine Nische auf halbem Weg zu Petros Zimmer.

Gonzales wirkte unentschlossen. Er blieb stehen, schaute auf die Uhr, die am Ende des Ganges hing, machte kehrt und kam den Korridor wieder herunter. Pit stand wie angewurzelt. Sobald der massige Mann an seinem Versteck vorbeikam, mußte er ihn entdecken. Aber da blieb Gonzales erneut stehen, wandte sich um und entfernte sich wieder von der Nische. Pit streckte vorsichtig den Kopf vor. In diesem Augenblick drängte sich Arnica zu ihm in sein Versteck. »Ich habe Rübenach erreicht. Er sagt, wir sollen auf jeden Fall verhindern, daß Gonzales zu Petro ins Zimmer geht.«

»Der hat gut reden«, preßte Pit zwischen den Zähnen hervor.

Gonzales war nun auf der Höhe von Petros Zimmertür. Er sah sich nach links und rechts um. Da legte Pit seine Hände wie einen Trichter vor den Mund und rief laut und langgezogen: »Gooooonzaaaaleeeeees!«

Arnica begriff sofort und rief nun auch mit ihrer hohen, hellen Stimme den Namen des gedrungenen kleinen Mannes.

Gonzales war herumgefahren. Es war, als würde Pits Ruf von den Wänden als Echo zurückschallen!

Eine Frau sagte: »Gonzales, wer ist denn das?«

Ein Patient, der in einem Rollstuhl vorbeigefahren wurde, fragte die Schwester, die ihn schob: »Gonzales, wer soll das denn sein?«

»Gonzales?« wiederholte die Schwester, »keine Ahnung!«

Wieder rief Pit sein langgezogenes »Gooonzaaaaleeeees!«

Und Arnica stimmte erneut in den Ruf ein.

»Gonzales?« Ein Arzt blieb stehen. »Wen meinen die denn?«

»Komisch, was soll denn das Rufen nach diesem Gonzales?« fragte ein Besucher.

Dem kleinen, dicken Mann trat der Schweiß auf die Stirn. Plötzlich erschien es ihm, als ob alle Welt ringsum auf ihn aufmerksam geworden wäre und seinen Namen riefe.

Er drehte sich um und ging erst langsam, dann immer schneller den Korridor hinunter. Aus allen Ecken und Enden hörte er: »Gonzales, Gonzales, Gonzales.«

In diesem Augenblick kam wieder ein Aufzug an, und zwanzig oder fünfundzwanzig Menschen strömten heraus. Viele von ihnen eilten schnell den Gang hinunter, Gonzales entgegen. Er bahnte sich rüde einen Weg durch die entgegenkommenden Menschen. Sah sich gehetzt um, begann zu rennen. »Gonzales, Gonzales« schallte es in seinen Ohren.
»Es funktioniert«, sagte Arnica leise.
Gonzales hetzte an den beiden vorbei. Er bemerkte sie nicht, rannte an der Aufzugstür, die ihm jemand offenhielt, vorbei ins Treppenhaus und hastete in großen Sprüngen hinunter.
»Schade«, sagte Pit und löste sich aus seinem Versteck, »jetzt entkommt er natürlich.«

Tatsächlich kam Rübezahl genau drei Minuten zu spät. Aber er schimpfte diesmal nicht, sondern schien erleichtert zu sein. Als Arnica ihm erzählte, wie sie den Gangster vertrieben hatten, lachte der Kommissar sogar und sagte: »Na, Gott sei Dank!«
»Was haben Sie denn befürchtet?« fragte Pit.
»Vielleicht übertreibe ich ja«, antwortete Rübenach, »aber wenn er Petro für einen wichtigen Zeugen hält, könnte er ihn ein für allemal zum Schweigen bringen wollen.«
Pit sah Rübenach überrascht an. »Kann ich mir nicht vorstellen«, sagte er schließlich, »ich denke, er wollte ihn nur aushorchen.«
»Möglich«, gab Rübenach zu, »aber wer gibt mir die Garantie dafür, daß es so ist?«
Pit nickte und meinte: »Wir werden dann weiterziehen.«
Aber Rübenach hielt ihn auf. »Ihr wart doch bei diesem Peter Sabin, hat er irgend etwas Wichtiges gesagt?«
»Eigentlich nicht«, antwortete Pit nicht ganz wahrheitsgemäß, »aber Arnica wird ihn morgen noch mal besuchen. Wir kriegen bestimmt etwas raus.«
Rübenach nickte zufrieden. »Und ich werde eine Wache vor das Zimmer stellen. Wer denkt auch, daß dieser Gonzales so dreist ist.«

Als Arnica und Pit das Krankenhaus verließen, fragte das Mädchen: »Warum hast du denn nichts von der Kneipe erzählt, in der Gonzales die Jungen angeworben hat?«
»Weil sonst der Rübezahl sofort dorthin trampelt. Wir sollten aber dafür sorgen, daß PP diesen Gonzales und seine Hintermänner der Polizei liefert.«
Arnica nickte heftig. Das sah sie natürlich ein.

Das ›Rocky‹ war ein Mittelding zwischen Café, Kneipe und Waschküche. Die Wände waren weiß gekachelt, die Stühle und Tische weiß gestrichen. Leuchtstoffröhren verbreiteten ein kaltes, bläuliches Licht, in dem die Topfpflanzen, die ohne erkennbare Ordnung herumstanden, nicht grün, sondern fast lila erschienen. Aus einem Musikautomaten kam Discomusik.
Als Arnica und Pit durch die breite Glastür eintraten, auf die ein grellgelbes Auto aus den dreißiger Jahren gemalt war, waren nur drei Tische besetzt. Es war kurz nach fünf Uhr nachmittags – keine Zeit, um in eine Kneipe zu gehen.
Pit bestellte zwei Kaffee bei einem Mädchen, das aussah wie eine Punkerkönigin. Sie trug goldene Schuhe, goldene Strümpfe und dazu einen zerschlissenen, schwarzen Lederrock. Die Haare hatte sie in einem einzigen Kamm steil nach oben gedrechselt und ebenfalls golden angesprüht.
Als sie die beiden Kaffeetassen auf den Tisch stellte, fragte sie: »Sucht ihr jemanden?«
Pit meinte: »Mhm.«
»Kenn' ich den?« fragte die Punkerkönigin.
»Wie soll ich das wissen?« grinste Pit. »Er heißt Peter, wird aber Petro genannt, so ein langer Blonder...«
»Ich kenn' Petro, aber...«, sie unterbrach sich und setzte sich zu den beiden an den Tisch. »Ihr seht nicht so aus, als ob ihr Kumpels von ihm wärt.«
»Hab' ich auch nicht behauptet.« Pit nippte an seinem Kaffee.
»Und was wollt ihr dann von ihm?«
»Ich hab' eine Nachricht«, sagte Pit.

»Da mußte dich schon in die Klinik bemühen«, flüsterte die Punkerkönigin.
»Ist er krank?«
»So was Ähnliches, ja.«
»Seit wann?«
»Seit gestern.«
»Das spricht sich aber schnell rum.«
Das Mädchen stand auf. »Die Welt ist ein Dorf«, sagte sie und wollte davonsausen, aber Pit hielt sie auf: »Sag mal, gibt's nicht jemanden aus Petros Verein, dem ich was bestellen kann?«
»Sag's mir!« Die Punkerin beugte sich herab.
»Und wem sagst du's?«
»Ich sorge dafür, daß Petro es erfährt.«
Pit sah sie an, als ob er ihr nicht trauen würde. »Also gut«, sagte das Mädchen, »ich bin froh, wenn du mich nicht damit belatscherst. Dort drüben, der Kleine heißt Michael und gehört zu Petros Crew – wenigstens gehörte er bis vorgestern dazu.«
»Na, so was wird sich ja nicht so schnell ändern«, meinte Pit.
»Kann man's wissen, weiß man's denn?« antwortete die Punkerkönigin mit einem Lächeln und schwirrte ab.
Pit stand auf und ging zu Michael hinüber. »Tag«, sagte er.
Michael sah ihn mit ernstem Gesicht an. »Sag' nichts, laß mich raten«, sagte er und schaute zu Arnica hinüber. »Du bist der Typ, der Petros Sachen verhökern sollte.«
Pit ließ sich überrascht auf einen Stuhl fallen. »Bist du Hellseher oder was?«
»Petro hat mir von dir erzählt. Du siehst nicht gerade wie ein professioneller Hehler aus.«
»Und du nicht wie ein Dieb«, konterte Pit.
Michael lächelte verhalten. »Bin ich auch nicht... Nicht mehr!« verbesserte er sich dann.
»Ausgestiegen?«
»Mhm.«
»Und was sagt Gonzales dazu?«
Michaels Körper spannte sich unmerklich, seine Augen wurden

schmaler, er legte die Arme auf den Tisch. »Wie kommst du auf Herrn Gonzheimer?«
»Ach, so heißt er?«
»Herbert Gonzheimer, ja.«
Pit prägte sich den Namen ein. Dann fragte er nochmals: »Also, was sagt Gonzheimer dazu?«
»Weiß ich noch nicht. Vielleicht weiß ich es morgen.«
»Aha!« Pit überlegte fieberhaft, wie er weitermachen sollte. Schließlich sagte er: »Petro liegt im Krankenhaus, habe ich gerade gehört.«
»Wenn du mich weiter anlügst, red' ich nicht mehr mit dir«, antwortete Michael ganz ruhig.
Pit sah den anderen überrascht und auch ein wenig beschämt an. »Warum meinst du, daß ich lüge?«
»Du warst dabei, als er verletzt wurde, du warst dabei, als er verhaftet wurde, und du hast ihn schon im Krankenhaus besucht.«
»Du bist tatsächlich ein Hellseher!«
»Nein, aber meine Freunde und ich halten noch immer zusammen.«
»Ihr habt Petro beobachtet?«
»Du bist ein Spitzel der Bullen«, sagte Michael noch immer ganz ruhig, »ich weiß das.«
»Und wenn es so wäre?«
»Es ist so, wir haben genügend Beweise dafür.«
»Trotzdem stimmt es nicht.«
»Schade!«
»Was?« Pit war perplex.
»Ich sage schade. Wir suchen einen Vermittler, sozusagen.«
»Was sucht ihr?«
»Sei nicht so begriffsstutzig. Wir brauchen jemanden, der mit den Bullen redet *und* mit uns.«
Michael hatte die Stimme gesenkt und sich weit zu Pit herübergebeugt.
Arnica schaute zu den beiden herüber.

»Darüber kann man reden«, sagte Pit.
»Wußte ich's doch. Also, paß auf: Dieser Kommissar kann eine Menge Informationen kriegen, wenn er uns in Frieden läßt.«
»Was heißt das genauer?«
»Zwei Freunde und ich wollen was anderes machen, verstehst du? Etwas Anständiges, nennt man das wohl. Wenigstens wollen wir's versuchen. Aber wenn uns die Bullen jetzt einbuchten, wird das nichts.«
»Ja, das ist klar«, meinte Pit vorsichtig. »Ich kenn' mich da nicht so aus, aber ich glaube, bei uns muß die Polizei ein Verbrechen verfolgen, sobald sie etwas davon weiß.«
»Ja, ich hab' mich erkundigt, das stimmt. Verfolgungszwang nennt man das«, Michael grinste, »nicht ›Verfolgungswahn‹, ›Verfolgungszwang‹. Die sind gezwungen, jemanden zu verfolgen, wenn sie gehört oder sonstwie gemerkt haben, daß er ein Verbrechen oder ein Vergehen begangen hat.«
»Na also, was soll denn der Rübenach dann machen?«
»Ein Auge zudrücken, Mann. Soll ich dir mal was sagen? Manchmal schicken sie richtige Bullen in die Unterwelt – Polizeibeamte. Und die spielen solange bei den Gangstern mit, bis man sie auffliegen lassen kann. Und solange die Polizisten mitspielen, begehen sie auch schon mal eine Straftat, wie das heißt. Aber da gilt kein Verfolgungszwang. So! Und jetzt biete ich den gleichen Dienst an und will auch nicht verfolgt werden – geht das in dein Pennälerhirn?«
»Ja, das und sogar noch ein bißchen mehr. Kannst du mir schon mal was mitgeben, damit man sieht, daß du es ernst meinst?«
»Gerissen bist du auch noch. An was hast du gedacht?«
»Zum Beispiel: Wo wohnt Gonzales, alias Gonzheimer?«
»Geh verhandeln mit diesem ... wie heißt er?«
»Rübezahl ... äh, das ist sein Spitzname. In Wirklichkeit heißt er Rübenach und ist Hauptkommissar.«
»Gut, das kann ich mir merken.« Michael wandte sich seinem Tee und einer Computerzeitschrift zu. Er begann, sich Notizen auf einem karierten Blatt zu machen.

»Was gibt das?« fragte Pit.
»Software – ein Computerprogramm für ›Schiffe versenken‹.«
»Ehrlich? Und wie geht das?«
»Genau wie beim Schachcomputer. Der Rechner und ich, wir schießen abwechselnd. Ich sage zum Beispiel K 3, und je nachdem, was der Computer für ein Programm hat, sagt er getroffen, wenn da ein Schiff liegt, oder nicht getroffen, wenn ich ins Wasser geschossen habe.«
»Sagenhaft!«
»Das ist kein besonders schweres Programm. Wenn du so ein halber Bulle bist, müßtest du ja wissen, daß man heute schon ganze Sparkonten abräumen kann, wenn man den Computer-Code der Bank knackt.«
»Glaub' ich nicht!«
»Ist aber schon passiert.«
Michael hatte für seine Verhältnisse unheimlich viel geredet. Jetzt erinnerte er sich daran, daß er eigentlich als der große Schweiger galt, und sagte: »So, und jetzt laß mich in Ruhe!«
Pit stand auf und ging zu Arnica zurück. Michael sah ihm nach und versuchte sich zu erinnern, wie es diesem Jungen, dessen Namen er noch nicht einmal wußte, gelungen war, ihn so zum Reden zu bringen. Schließlich gab er sich damit zufrieden, daß ja er etwas von dem Fremden gewollt hatte und nicht umgekehrt.
Pit und Arnica verließen das ›Rocky‹. Michael sah ihnen durch die große Scheibe nach, wie sie auf die Bushaltestelle zuschlenderten.

Die Abenddämmerung hatte sich schon über die Stadt gelegt, als die beiden bei Pepper eintrafen. Er saß mit Frau Scheringer im Salon seines Wagens, vor sich alle seine Pfeifen, die er der Reihe nach putzte.
Pit und Arnica ließen sich auf die gepolsterte Bank fallen. Sie waren ziemlich müde.
Pit berichtete, was sie erlebt hatten, und Pepper faßte am Ende

zusammen: »Also, der Feldwebel, wie ihn Rübezahl nennt, heißt Herbert Gonzheimer – Gonzales klingt interessanter, das gebe ich zu. Die ehemalige Jugendbande hält weiter zusammen. Sie sind untereinander bestens informiert. Ihr Treff ist das ›Rocky‹. Der neue Anführer scheint dieser Michael zu sein. Sie wollen versuchen, aus dem Teufelskreis herauszukommen...«
»Was für ein Teufelskreis?« fragte Arnica.
»Klauen, erwischt werden, eingesperrt werden, wieder rauskommen, nicht wissen, was man tun soll, wieder klauen, weil man nichts anderes gelernt hat, wieder erwischt werden und wieder ab in den Knast.«
»Man sollte den jungen Menschen helfen«, sagte Frau Scheringer.
»Ganz recht.« Pepper schob die Pfeifen auf einen Haufen zusammen – es waren mindestens sechzig Stück. »Bring' den Michael und seine Freunde her, dann machen wir einen Plan.«
Pit lachte. »Weil das so einfach ist. Morgen sagen Sie, bring' Niki Lauda oder den König von Jordanien.«
Pepper grinste. »Versuch' es halt. Die Sache ist es wert.«
Pit nickte.
Das Strickzeug der Alten klapperte, sie sah sehr nachdenklich aus. »Ich dachte, Pit sollte sich da nicht einmischen«, bemerkte sie.
»Aber nun hat er es ja doch schon getan«, antwortete Pepper.
»Mir gefällt das nicht. Es könnte doch sein, daß dieser Michael schon längst wieder gemeinsame Sache mit Gonzales macht.«
Pepper wiegte seinen massigen Kopf hin und her. »Es war auf jeden Fall ein Fehler, daß ihr in dieses ›Rocky‹ gegangen seid, ohne mir vorher Bescheid zu geben.«
»Das ist ein öffentliches Lokal mit Zutritt für jedermann«, sagte Pit.
»Trotzdem!« Pepper vertrug Widerspruch nicht besonders gut.
»Wenn Sie ins ›Rocky‹ gegangen wären, hätte Michael vielleicht nichts gesagt«, meldete sich Arnica.
Pepper sah sie nur an, räumte die Pfeifen zur Seite und ging in

seine kleine Küche. Von dort aus rief er: »Meint ihr, ich soll Rübenach einen Zwischenbericht geben?«
Pit rief zurück: »Einen Tag würde ich noch warten. Vielleicht bekommen wir ja heraus, wo dieser Gonzales zu finden ist.«

Gonzales verrechnet sich

Michael war nachdenklich sitzengeblieben, als Pit und Arnica gegangen waren. Er war ein Junge, der über alles lange nachdachte, ehe er sich entschied. Die Idee, Pit zum Unterhändler zu machen, war ihm allerdings blitzartig gekommen. Er hatte sich nicht einmal mit den anderen absprechen können. Vielleicht hatte er einen folgenschweren Fehler gemacht.
Dieser Eindruck verstärkte sich noch, als er plötzlich Gonzales vor dem großen Fenster sah. Michael war überrascht. Er hätte gewettet, daß der Gangster längst die Stadt verlassen hatte. Gonzales verschwand jetzt aus seinem Blickfeld. Michael starrte auf die Tür und erwartete, daß sie jeden Augenblick aufgehen und Gonzales hereinkommen würde.
Aber die Tür blieb geschlossen. Trotzdem stand plötzlich Gonzales neben Michaels Tisch und fragte: »Kann man sich dazusetzen?«
»Wie kommen Sie denn hier rein, Señor Gonzales?« fragte Michael überrascht und auch ein wenig verängstigt.
»Es gibt ja nicht nur Vordertüren. Im Augenblick bin ich ziemlich darauf angewiesen, daß ich möglichst viele Hintertüren kenne.« Er grinste breit.
Die Punkerkönigin brachte ihm ungefragt ein großes Bier. Gonzales blies den Schaum zur Seite und trank einen kräftigen Schluck.
»Was hast du mit Peter Küster besprochen?«

»Wer ist Peter Küster?«
»Er wird Pit gerufen.«
»Kenn' ich nicht!«
»Vor einer halben Stunde saß er noch zusammen mit dir hier am Tisch.«
»Ach, der!« Michael begann zu schwitzen, er griff nach seiner Tasse, ließ es dann aber doch, weil er nicht wußte, ob ihn sein Zittern verraten würde. Er dachte nach.
»Na, bekomme ich keine Antwort?«
»Doch, doch!« Michael wirkte zerstreut.
»Also los!«
»Er hat sich an meinen Tisch gesetzt. Ich glaube, er ist ein Polizeispitzel oder so was.«
»Gut beobachtet. Er arbeitet mit Paul Pepper zusammen. Das ist der Kerl, der die sechs Dunkelmänner* auffliegen ließ.«
»Aha«, sagte Michael sicherheitshalber erst einmal – er hatte keine Ahnung, worüber Gonzales redete.
»Damals war dieser Pit auch beteiligt«, fuhr Gonzales fort. »Ein ausgekochtes Bürschchen, sieht aus, als ob er kein Wässerchen trüben könnte. – Hast du was von Petro gehört?«
Gonzales sah Michael lauernd an. Der Junge nickte und blickte auf seine Hände, die er auf der Tischplatte ineinander verschränkt hatte.
»Was hast du gehört?«
Michael dachte nach. Wie sollte er die Antwort formulieren?
»Laß dir doch nicht die Würmer einzeln aus der Nase ziehen!« knurrte Gonzales wütend.
Michael sah ihm in die Augen. »Er soll verletzt sein.«
»Ja, hab' ich auch gehört.«
»Wenn wir den Burschen erwischen, der hat nichts zu lachen«, sagte Michael grimmig und ließ sein Gegenüber dabei nicht aus den Augen.
Gonzales lachte, aber sehr belustigt klang es nicht.

---

* Siehe *Paul Pepper und die sechs Dunkelmänner,* Franckh Verlag, Stuttgart.

»Er wird durchkommen«, meinte er.
»Hoffentlich.« Michael griff nun doch nach seiner Tasse und brachte sie auch ganz ruhig an die Lippen.
Gonzales beugte sich über den Tisch. Michael wich ein wenig zurück, denn ihm schlug ein säuerlicher Bier- und Zigarrenrauchatem entgegen. »Ich werde bald untertauchen müssen«, sagte Gonzales.
»Mhm«, Michael nickte.
»Aber jetzt brauche ich alle Informationen, an die man rankommen kann.«
»Giovanni ist auch verhaftet«, sagte Michael.
»Weiß ich.«
»Und der singt bestimmt.«
»Aber er weiß nicht viel.«
»Immerhin, mich zum Beispiel kennt er«, entgegnete Michael, »und Steffen und Tom und Franz.«
»Euch kann man nichts nachweisen.«
Michael lachte bitter. »Ich höre Sie noch, Señor Gonzales: ›Eure Fingerabdrücke sind überall, und es gibt für alles Zeugen‹, haben Sie gesagt – das ist erst ein paar Tage her!«
»Das habe ich doch bloß gesagt, um euch einzuschüchtern.«
Vor dem großen Fenster des ›Rocky‹ fuhr ein altersschwaches Auto vor – ein Kombi, blau und gelb lackiert, mit eingebeulten Stoßstangen und einem fehlenden Kotflügel. Pepper stieg aus und sah durch das Fenster in die kalte Pracht des Rock- und Poplokals. Er ruckte mit den Schultern, als müsse er Anlauf nehmen, und ging auf die Tür zu.
Gonzales hatte ihn bemerkt.
»Kennen Sie den?« fragte Michael.
»Ja, ich hab' ihn gestern gesehen. Und nach der Beschreibung müßte das der sagenhafte Detektiv Paul Pepper sein.«
»Und was machen Sie jetzt?«
»Ich hab' dir doch gerade einen Vortrag über die Vorzüge von Hintertüren gehalten.«
Gonzales stand in dem Augenblick auf, in dem Pepper die Tür

von der Straße her aufdrückte. Er verließ das Lokal durch einen schmalen Durchlaß, über dem ›Privat‹ stand, als Pepper die Eingangstür wieder ins Schloß fallen ließ.
Der Detektiv ging zum Tresen, setzte sich auf einen Barhocker und ließ sich ein Mineralwasser geben.
Über dem Tresen hing ein riesiger Spiegel, in dem man das ganze Lokal überblicken konnte. In diesem Spiegel begegneten sich die Blicke von Michael und Pepper. Der Detektiv nickte fast unmerklich, und Michael sah rasch weg.
Als die Punkerkönigin das Mineralwasser vor Pepper stellte, fragte er: »War Gonzales heute schon da?«
»Nein«, erwiderte das Mädchen hinter dem Tresen.
Pepper nickte, als ob er nichts anderes erwartet hätte. Er sah in dem Spiegel, wie sich Michael ohne Hast erhob, zwei Münzen auf das weiße Tischchen legte und zur Tür ging.
»Man kann nicht immer Glück haben«, sagte Pepper zu der Punkerin.
Sie sah ihn an, entgegnete aber nichts, sondern ging zu Michaels Tischchen, um abzuräumen und die Platte abzuwischen.

Das Lokal war jetzt voller. Die Uhr über dem Spiegel lief rückwärts, aber man konnte die Zeit ablesen, wenn man sie sich gespiegelt vorstellen konnte. Jetzt war es kurz nach halb sieben.
Pepper bestellte ein zweites Mineralwasser. Er blieb fast unbeweglich sitzen, bis die Punkerin fragte: »Warten Sie eigentlich auf jemanden?«
»Tja, ich weiß nicht genau«, erwiderte Pepper.
»Sie müssen doch wissen, warum Sie hier rumsitzen!«
Pepper deutete zu dem Spiegel hinauf. »Glauben Sie, daß alle Ihre Gäste wissen, warum sie hier herumsitzen?«
Das Mädchen machte nur: »Ppppphhhhh!« und ging um den Tresen herum ins Lokal.
Pepper beobachtete sie. Das Mädchen war zu bewundern. Sie hatte niemanden, der ihr half, und schaffte es doch, alle Gäste zu bedienen. Pausenlos war sie unterwegs. Offensichtlich ver-

gaß sie keine Bestellung, denn Pepper hörte nie jemanden reklamieren.
»Sie sind tüchtig«, sagte er, als sie wieder einmal am Tresen erschien.
»Wenn Sie es sagen...«, und schon war sie wieder weg.
Pepper überlegte gerade, ob er gehen sollte, als drei Männer durch die Tür kamen, die hier genausowenig hereinpaßten wie er selbst. Im Grunde waren sie sogar noch deplazierter. Sie trugen teure Anzüge mit Westen und dezenten Krawatten. Zielstrebig kamen sie an den Tresen und blieben zwei Meter von Pepper entfernt stehen.
»Gonzales da?« fragte der größte die Bedienung.
Pepper beobachtete sie genau und merkte, daß auch sie auf ihn achteten. Dennoch deutete die Punkerkönigin mit dem Kinn in seine Richtung.
Pepper entschloß sich zum Angriff. Er wandte sich den Männern zu und sagte: »Gonzales ist leider nicht da, ich warte auch auf ihn.«
»Darf man fragen, warum?« Der Große machte einen Schritt auf Pepper zu.
»Geschäfte«, antwortete der Detektiv obenhin.
»Ah, ja?« Der Große sah Pepper ungläubig an. »Das sieht man Ihnen nicht an.«
Pepper lachte. »Das wäre auch noch mal schöner.«
Er nippte an seinem Glas und beobachtete das Trio.
»Kommt er noch?« fragte der Große das Mädchen.
Die Punkerkönigin wirkte unschlüssig wie jemand, der etwas sagen will, sich aber nicht traut.
»Ich ... ich ... ich weiß nicht«, stotterte sie. Dann sah sie auf. »Kann ich Ihnen etwas bringen?«
Der Große schüttelte den Kopf, nachdem er einen schnellen Blick auf Pepper geworfen hatte, und drehte sich um. Er wechselte ein paar unverständliche Worte mit seinen beiden Begleitern. Gleichzeitig gingen sie los. Der Große schritt durch den Durchgang, auf dem ›Privat‹ stand, einer seiner Begleiter ging

zur Toilette, und der dritte verließ das ›Rocky‹ wieder durch die Eingangstür.
»Wer war denn das?« fragte Pepper die Punkerin.
»Keine Ahnung.«
»Eva, wann kommt denn mein Cola?« rief ein Junge aus dem Hintergrund. Zum ersten Mal hatte sie eine Bestellung vergessen. Und Pepper wußte nun wenigstens, daß sie Eva hieß und daß die drei feingekleideten Herren Eva offensichtlich einschüchterten, selbst wenn sie ganz freundlich taten.
Pepper rutschte von seinem Barhocker und zahlte. Er verließ das Lokal, überquerte die Straße und lehnte sich an eine Hauswand. Er brauchte nicht lange zu warten. Der Große kam aus einer Seitengasse und traf mit jenem Begleiter zusammen, der das Lokal durch die Eingangstür verlassen hatte. Kurz darauf kam auch der dritte Mann aus dem ›Rocky‹. Sie berieten sich und stiegen in einen schweren Wagen einer Marke, die Pepper nicht kannte. Er hatte eine Hamburger Nummer, die sich Pepper notierte. Außerdem trug er eine kurze Beschreibung der drei Männer in seinen Block ein. Dann stieg auch er in sein blaugelbes Auto und fuhr davon.

Tags darauf ging Pit allein ins ›Rocky‹. Michael saß am gleichen Platz und arbeitete wieder an seinem Computerprogramm. Pit setzte sich zu ihm. Er redete nicht lange herum, sondern steuerte sofort auf sein Ziel los: »Ich hab' mit Pepper gesprochen.«
»Also nicht mit der Polizei.«
»Noch nicht.«
Michael schob seine Berechnungen weg. Er sah müde aus, und Pit sagte ihm das auch.
»Ich hab' wenig geschlafen!« Michael fuhr sich mit der Hand über die Augen. »Die ganze Nacht mußte ich darüber nachdenken, ob mein Vorstoß gestern richtig war.«
Pit sah ihn aufmerksam an. »Du meinst, es wäre besser gewesen, mich nicht darauf anzusprechen?«
»Ich bin mir eben nicht sicher.«

»Wenn du mit PP redest...«
»Wer ist denn das nun wieder?«
»Paul Pepper. Also ich glaube, der versteht dich ganz gut und findet auch einen Weg.«
Michael sah Pit ungläubig an. »Ich habe mich über diesen Rübezahl erkundigt. Bei dem heißt es: ›Auge um Auge und Zahn um Zahn‹.«
»So schlimm ist er auch wieder nicht. Außerdem kann der Rübenach das sowieso nicht entscheiden. Das ist Sache des Staatsanwalts.«
Michael wurde bleich. »Der Staatsanwalt? Das ist doch der, der einen vor Gericht anklagt!«
»Ja, schon, aber er ist auch der Chef der Ermittlungen. Die Polizeibeamten sind immer nur Hilfsbeamte des Staatsanwalts.«
Michael spielte mit seinem Bleistift.
Pit spürte, daß er jetzt nicht lockerlassen durfte. »Paß auf«, sagte er, »Pepper bietet dir an, daß du und deine Freunde erst einmal zu einem Gespräch zu ihm kommen könnt.«
»Und hinter der Tür stehen die Bullen, ne, ne!«
»Quatsch!« Pit wurde sauer. »Pepper würde so etwas nie machen!«
Michael steckte den Bleistift hinters Ohr. »Wann?«
»Sag du einen Termin.«
»In einer Stunde.«
»Ich ruf' ihn an.«
»Nein! Wir gehen gleich hin. Ohne Anmeldung.«
»Du glaubst mir nicht?«
»Vorsicht ist die Mutter der Porzellankiste, sagt meine Tante Frieda.« Michael lächelte plötzlich. »Tante Frieda will einen guten Menschen aus mir machen. Ich wohne zur Zeit bei ihr.«
»Na, hoffentlich hilft's was«, feixte Pit.
Plötzlich herrschte ein seltsames Einverständnis zwischen den beiden Jungen.
»Wir holen Franz ab, dann gehen wir zu deinem Pepper«, sagte Michael und rief Eva, um zu bezahlen.

Die Punkerkönigin hatte die ganze Zeit in der Nähe der beiden Jungen herumgelungert. Kaum hatten Pit und Michael das Lokal verlassen, da ging sie zum Telefon und gab durch, was sie gehört hatte.

Pit und Michael trafen Franz in seiner »Wohnung« an. Er hatte den Dachboden über einer stillgelegten Schreinerei bezogen und mit Möbeln vom Sperrmüll gemütlich eingerichtet. Als sie eine steile Leiter zu ihm hinaufstiegen, sagte Michael: »Der liegt bestimmt noch im Bett, oder schon wieder. Franz ist ein leidenschaftlicher Schläfer.«
Aber Franz saß an einem alten Schreibtisch, den er mit viel Geduld abgebeizt und neu lackiert hatte, und büffelte Rechenaufgaben.
»Sag mal, bist du krank?« fragte Michael.
Franz klappte das Heft zu und wurde verlegen.
»Man muß sehen, daß man den Anschluß nicht verpaßt. Ich habe Nachricht vom Internat. Nach den Herbstferien wollen sie mir eine neue Chance geben. – Was gibt's?«
Michael erklärte es ihm. Nach einigem Hin und Her erklärte sich Franz bereit mitzukommen.

Um diese Zeit saß Arnica am Bett von Petro, der wesentlich ruhiger wirkte als am Tag zuvor. Sie hatte ihm erzählt, daß sie im ›Rocky‹ Michael aufgespürt hatten.
»Mann, bin ich blöd. Das habe ich euch verraten«, sagte Petro.
»Ob das blöd war, muß sich erst noch herausstellen.«
Daß Gonzales gestern versucht hatte, bei Petro einzudringen, verschwieg das Mädchen. Aber sie erzählte ihm viel von Pepper, so daß Petro am Ende meinte: »Das muß ja ein toller Typ sein!«
»Ist er auch. Wenn du mal wirklich einen brauchst...«
Er winkte großspurig ab: »Ich brauche niemanden. Einer wie ich kommt immer durch.«
Für sein Leben gern hätte er jetzt eine Zigarette gehabt, um sie

sich lässig in den Mundwinkel zu stecken. Wie er so dalag, kam er sich ohnehin nicht besonders männlich vor.
Arnica unterdrückte das Lachen, das in ihr aufstieg, und sagte schnell: »Das kann man nie so genau wissen. Ich schreib' dir auf jeden Fall mal seine Telefonnummer auf.«
Sie kritzelte die sechs Zahlen auf einen Zettel und legte ihn auf den Nachttisch. Als sie ging, fragte Petro: »Ist dein Freund sauer?«
»Pit? Ja, ziemlich.«
»Kann man nichts machen. Ein Mann wie ich hat nun mal nicht viele Freunde.«
Diesmal konnte Arnica das Lachen nicht unterdrücken, und als Petro fragte: »Was hast du denn?«, sagte sie: »Du redest immer wie ein Westernheld aus dem Kino.«
»Kommt dir das wirklich so vor?« Er sah sie ganz ernst an.
»Ja. Ich werde mir mal ein paar passende Antworten überlegen«, rief Arnica von der Tür her. Sie winkte ihm zu und ging hinaus.
Peter Sabin, genannt Petro, war richtig nachdenklich geworden.

Pepper hatte Tee gemacht. Franz und Michael saßen aufrecht mit steifen Rücken auf der Polsterbank des Salons und sahen sich vorsichtig um. So hatten sie sich ein Detektivbüro nun wirklich nicht vorgestellt.
Pepper goß Tee ein und kramte umständlich eine Pfeife hervor. »Also«, sagte er, »ich will keinen Schmus machen. Ihr habt eine ganze Menge auf dem Kerbholz. Aber ich gehe davon aus, daß das meiste davon nicht auf eurem Mist gewachsen ist. Ein Anwalt würde wohl von ›irregeleiteten Jugendlichen‹ sprechen.« Er stopfte die Pfeife, und als Franz etwas sagen wollte, hob er die Hand. »Laß mich mal gerade zu Ende reden. Ich werde – wenn ihr das wollt – zum Staatsanwalt gehen und mit ihm sprechen. Ich kenne den, der vermutlich für euch zuständig ist. Der will auf jeden Fall nicht die Spatzen in der Hand, wenn er die

Tauben oder gar die Geier vom Dach kriegen kann.« Pepper zündete seine Pfeife an. »Das hat aber natürlich nur dann einen Sinn, wenn ich von euch alles erfahre und wenn ich die großen Vögel auf dem Dach auch fangen kann.«
Michael schüttelte den Kopf. »Wir wissen bestimmt zu wenig. Wir haben ja immer nur mit Gonzales geredet. Ich weiß noch nicht einmal, ob es die großen Bosse über ihm tatsächlich gibt oder ob er die bloß erfunden hat.«
»Die hat er nicht erfunden. Ich habe gestern drei von ihnen gesehen. Zumindest waren es Abgesandte von denen«, brummte Pepper. »Überlegt einmal ganz genau, ob euch nicht irgend etwas einfällt. Da kann auch die kleinste Kleinigkeit wichtig sein.«
Michael sah auf seine Hände und zog die Stirn kraus.
»Du machst auf mich den Eindruck, als ob du etwas wüßtest, aber nicht damit rausrücken wolltest«, sagte Pepper zu ihm.
Michael hob erstaunt den Kopf. »Sieht man das?«
»PP sieht das«, meinte Pit, »er hat so etwas wie den siebten Sinn.«
Michael gab sich einen Ruck. »Tom und ich – Tom ist jetzt in Bremen –, also wir zwei sind Gonzales, ich meine Gonzheimer, und einem Kumpel von ihm einmal gefolgt.« Er brach ab.
»Weiter«, sagte Pepper mit ruhiger Stimme.
»Sie fuhren in die Nordstadt und wir hinterher.« Er sah von einem zum anderen, als ob er eine Frage erwartete, aber keiner sagte etwas.
»Na ja«, fuhr Michael fort, »Tom hatte ein Motorrad ›ausgeliehen‹. Sonst hätten wir dem Kastenwagen von Gonzales nicht folgen können. In dem Wagen war die Beute von dem Einbruch bei Helens Pelzgeschäft.«
»Das wart ihr?« entfuhr es Pepper. Er sah den Jungen mit großen Augen an.
»Von uns waren nur zwei dabei«, antwortete Michael, »man mußte übers Dach einsteigen und eine Tür von innen entriegeln, die auf einen Speicher führte.«

»Aha!«
»Ja, und dafür waren die Kumpels von Gonzales zu groß. Wir haben am anderen Tag in der Zeitung gelesen, daß der Wert der gestohlenen Waren mehr als eine Million DM betrug. Und uns hat man mit ein paar Mark abgespeist.«
Michael hatte nicht bemerkt, daß er sich damit als Beteiligten an dieser Aktion verriet. Aller Wahrscheinlichkeit nach war Tom der andere gewesen.
»Also, wir fahren denen nach. Über die Nordstraße raus, am Straßenbahndepot und der Müllverbrennungsanlage vorbei. Man kommt dann durch ein Waldstück und dann zu einem alten Stellwerk. Früher ist von dort aus der ganze Güterbahnverkehr dirigiert worden. Das Stellwerk schließt an die alten Lagerhallen an, die heute nicht mehr benutzt werden. Irgendwann sollen sie abgerissen werden.«
»Ja«, sagte Pepper, »das habe ich gelesen.«
»Aber das kann noch Jahre dauern, meint meine Tante Frieda.«
»Das ist die, die einen guten Menschen aus ihm machen will«, warf Pit grinsend ein.
»Nun«, Pepper lächelte gutmütig, »das wollen wir ja auch. Erzähl weiter, mein Junge!«
»Die sind mit dem Kastenwagen da reingefahren. Wir mußten das Motorrad bei dem Stellwerkhäuschen abstellen und uns zu Fuß ranpirschen. Wir verloren Gonzales und seinen Kumpel aus den Augen, suchten das Gelände vorsichtig ab, bekamen sie aber erst wieder zu Gesicht, als sie schon abgeladen hatten.«
»Schade«, sagte Pit.
»Sie kamen aus einem alten Backsteinhaus ganz am Ende des Geländes. Der Kastenwagen war weg. Gonzales schimpfte wie ein Rohrspatz. Anscheinend hatten sie das Auto auch abgeben müssen. ›Das kann das Narbengesicht mit mir nicht machen‹, schrie Gonzales rum. ›Über eine Million hat der Bruch gebracht, und uns speist er mit fünftausend ab!‹«
Pepper starrte Michael an.

»Was haben Sie denn?« fragte der Junge.
»Hat er gesagt, das Narbengesicht?«
»Ja.«
»Hast du das ganz sicher verstanden?«
»So etwas vergesse ich nicht!«
»Das Narbengesicht!« Pepper war seine Erregung anzusehen. Er stand auf, legte die Pfeife zur Seite und ging zu einem Stadtplan, der an der Wand hing. »Komm bitte mal, Michael.« Der Junge trat zu ihm. Pepper tippte mit dem ausgestreckten Zeigefinger auf einen Plan. »Du meinst doch dieses Gelände?«
»Ja, genau.«
»Und wo liegt das Backsteingebäude ungefähr?«
Pepper holte eine große Lupe und reichte sie Michael. Der Junge brauchte nicht lange zu suchen.
»Hier, ziemlich am Ende des Geländes.«
»Nicht schlecht«, sagte Pepper, »nicht schlecht. Siehst du diese kleine Straße hier? Die ist zwar als Sackgasse ausgewiesen, aber sie ist zugleich eine Zufahrt zur Autobahn. Krankenwagen benutzen sie manchmal und die Polizei natürlich oder Baufahrzeuge. Das sind keine hundert Meter von dem Backsteinhaus. Einen besseren Fluchtweg kann es gar nicht geben.« Pepper nickte ein paar Mal, als ob er sich selbst bestätigen müßte. »Das Gelände ist so verwirrend und unübersichtlich, daß sich jeder verlaufen muß, der sich nicht auskennt.«
»Deshalb haben wir ja Gonzales auch aus den Augen verloren.«
»Na ja, das hat er ja gebüßt, als er dann heimlaufen mußte«, meinte Pit.
»Von wegen«, rief Michael, und man merkte ihm an, daß er sich noch immer ärgerte, »die haben uns das Motorrad geklaut. Und wir sind zu Fuß heimgelatscht.«
Pit und Pepper brachen in ein schallendes Gelächter aus, und die beiden anderen stimmten mit ein.
»Nichts ist komischer als ein bestohlener Dieb«, rief Pepper, den Pit noch selten so lustig erlebt hatte.

»Das stimmt«, sagte Franz. »Am anderen Tag haben nämlich Tom und Michael Gonzales das Motorrad hinter der Wellblechbude wieder gestohlen und dorthin gebracht, wo sie es ›ausgeliehen‹ hatten.«
Jetzt war das Gelächter noch größer. Hätten sie einen Blick aus dem Wagen hinaus in die *Grüne Idylle* getan, das Lachen wäre ihnen wohl auf den Lippen erstarrt.

Dicht bei Peppers Salonwagen stand Herbert Gonzheimer, den sie Gonzales nannten, und versuchte etwas von dem zu erhaschen, was im Wagen besprochen wurde. Daß alle so herzlich lachten, machte ihn mißtrauisch und unsicher. Er stapfte ein paar Mal hin und her und schlug mit der Faust in die flache Hand. Was gab's da zu lachen? Das würde denen da drin schon noch vergehen!

Im Wagen goß Pepper noch einmal Tee nach. Er war wieder ernst geworden.
»Wenn ich etwas für euch tun soll, muß ich mich aber auch auf euch verlassen können... Also ihr müßtet mir schon versprechen, daß ihr euer Leben ändert. Ich weiß, das sind große Worte, aber trotzdem...« Er ließ den Rest des Satzes wieder einmal in der Luft hängen.
Michael räusperte sich. »Wenn wir das nicht vorhätten, wären wir sicher nicht mitgekommen.«
Pepper nickte. »Wie sieht's denn mit der Schule aus?«
»Kommt für mich nicht mehr in Frage«, antwortete Michael lapidar.
Wieder nickte Pepper. Das konnte er verstehen. »Eine Lehre?«
»Gibt's für unsereinen kaum. Wer nimmt schon einen Jungen, der mal im Jugendgefängnis war?«
»Ja, da müßte man sich mal umsehen. Ich hab' ein paar Bekannte, die nicht ganz so stur sind«, sagte Pepper. »Aber ich will dir nichts versprechen. So, und jetzt strengt eure grauen

Zellen noch mal an. Denkt über alles nach, was in dieser Zeit gewesen ist. An was könnt ihr euch noch erinnern? Auch Kleinigkeiten können, wie gesagt, wichtig sein!«
Sie saßen noch ziemlich lange beieinander. Franz und Michael gaben sich, wie es schien, auch redlich Mühe, aber es fiel ihnen nichts Brauchbares mehr ein. Lang und breit berichteten sie über ihre Raubzüge und über die Art und Weise, wie sie von Gonzales eingesetzt worden waren. Man hatte den Eindruck, als seien sie ganz glücklich darüber, endlich einmal frei von der Leber weg erzählen zu können. Verwertbares Material für Pepper kam allerdings nicht mehr dabei heraus.
Es war schon fast zehn Uhr, als sie endlich aufbrachen. Pit wollte die beiden noch ein Stück begleiten.
Michael und Franz verabschiedeten sich mit Handschlag von dem Detektiv. »Paßt gut auf euch auf«, sagte Pepper, »wenn Gonzales rauskriegt, daß ihr bei mir wart, wird's kritisch.«
Das hatte er unter der Tür zur Plattform gesagt, und Gonzales hatte jedes Wort verstanden. Er schnitt eine häßliche Grimasse und ballte die Fäuste. Geschickt schlich der Gangster im Lichtschatten des Wagens und dann an den kleinen Tannen entlang bis zum Gartenzaun und sprang mit einem Satz auf die Straße hinaus. Dort wartete er versteckt hinter einem Baum auf die Jungen.
Er ließ sie an sich vorbeigehen und folgte in einem Abstand von zwanzig Metern. Auf jeden Fall wollte er warten, bis sie sich von Pit verabschiedet hatten.
Doch dieser schien sich entschlossen zu haben, die beiden bis zur S-Bahn zu begleiten. Gonzales wollte ihnen nicht durch belebtere Gegenden folgen. Also schlug er einen Bogen, rannte mit keuchendem Atem durch eine dunkle Parallelstraße und erwartete die drei an der nächsten Straßenecke.
Nichts Böses ahnend kamen sie auf ihn zu.
Pit sagte gerade: »Der Vater von Jonny ist bei der Zeitung. Der hat unheimlich gute Verbindungen. Bestimmt kann er euch helfen.«

In diesem Augenblick trat Gonzales aus dem Dunkeln in den Lichtkreis einer Bogenlampe.
»*Ich* werde euch schon helfen!« sagte er grimmig. »Guten Abend die sauberen jungen Herren. Haben wir also das Lager gewechselt?«
Franz und Michael waren wie versteinert stehengeblieben. Gonzales schlug ansatzlos eine rechte Gerade und traf Michael direkt am Kinn. Der Junge brach lautlos in die Knie.
Pit erinnerte sich an alles, was er bei Bomber, seinem Boxlehrer, gelernt hatte.* ›Das Wichtigste: Nicht in Panik geraten!‹ Pit beobachtete Gonzales genau. Der Mann hatte eine Mordswut und wirkte unkontrolliert. Sein Schlag gegen Franz traf dessen Schulter.
Pit hatte sich bisher nicht bewegt. Jetzt sagte er: »Das schaffen Sie nicht, Sie Pfeife!«
Bombers zweiter wichtiger Spruch lautete: ›Je wütender dein Gegner, um so mehr Fehler macht er.‹
»Du kriegst dein Fett gleich!« schrie Gonzales.
Pit lachte: »Vorsicht, ich habe Boxen gelernt!«
Der Junge registrierte, daß Gonzales zwar einen harten Schlag, aber keine besonders gute Kondition hatte. Der Gangster keuchte wie eine alte Dampflok.
Plötzlich ließ er von Franz ab und drang auf Pit ein. Der wich ein paar Schritte zurück und pendelte die Schläge des Dicken mühelos aus. Dazwischen schlug er immer wieder seine Haken und Geraden. Das waren nur Nadelstiche, nicht mehr, aber sie brachten Gonzales in ungeheure Wut.
»Wo haben Sie denn boxen gelernt?« rief Pit und tauchte unter einem Schwinger weg. Gleichzeitig duckte er sich so tief, daß er mühelos unter dem Arm Gonzales' durchschlüpfen konnte und in dessen Rücken kam.
Gonzales fuhr herum. Plötzlich hatte er ein Messer in der Hand.
»Schwein«, rief Pit.

---

* Siehe *Paul Pepper und der stumme Zeuge,* Franckh Verlag, Stuttgart.

Das Messer fuhr auf ihn zu. Der Junge konnte nur mit Mühe ausweichen, geriet dabei aber in eine Falle, denn nun stand er mit dem Rücken an einer Hauswand.
»Rennt! Haut ab!« schrie er den anderen zu. Dann überlegte er es sich anders. »Nein, holt Pepper!«
Aber Michael war immer noch fast besinnungslos, und Franz versuchte vergeblich, ihm auf die Beine zu helfen.
»Die krieg' ich so oder so, jetzt mach' ich erst mal dich fertig!« zischte Gonzales. Er stand breitbeinig vor Pit und warf geschickt das schwere Messer von der einen Hand in die andere.
Pit überlegte fieberhaft. Er versuchte links und rechts Raum zu gewinnen, aber Gonzales ging jetzt jeden Schritt mit.
»So, Bürschchen. Es gibt jetzt nur noch eine Chance«, sagte der Gangster, »du erzählst haarklein, was in diesem komischen Eisenbahnwagen besprochen worden ist.«
Pit starrte Gonzales an. Dann weiteten sich seine Augen. Er konnte über die Schulter des kleinen, dicken Mannes sehen, und da kam die alte Frau Scheringer die Straße heruntergestapft. Sie hatte am linken Arm ihren Henkelkorb und in der rechten Hand ihren Stockschirm, auf den sie niemals verzichtete, weil sie so schlecht zu Fuß war.
»Nicht«, rief Pit. Er meinte die Alte, aber Gonzales faßte das falsch auf. Spielerisch schob er das Messer vor und ließ die Klinge dicht an Pits Hals durch die Luft fahren.
»Doch, doch, du packst jetzt aus.«
Die Alte stand nur noch einen Meter hinter Gonzales und hob ihren Stockschirm.
»Sie sind wohl nicht ganz bei Trost, junger Mann!« fuhr sie Gonzales an.
Der stand den Bruchteil einer Sekunde völlig überrascht da, drehte sich dann wie im Zeitlupentempo um und starrte die Alte an wie eine Erscheinung.
Frau Scheringer stand mit erhobenem Schirm nur einen halben Meter vor ihm.
»Um Gottes willen!« entfuhr es Gonzales, »was ist denn das?«

»Eine alte Frau, die so was nicht duldet«, entgegnete Frau Scheringer ernst und würdevoll.
Pit holte mit beiden Händen weit aus. Er kannte einen Schlag, der dicht unter dem Nacken landen mußte. Seine ganze Kraft nahm er zusammen. Die Hände hatte er fast krampfhaft ineinander verschränkt. Und dann schlug er zu.
Gonzales knickte in den Knien ein, und sein Gesichtsausdruck wurde noch erstaunter. Dann lag er flach auf dem Bauch und rührte sich nicht mehr.
Frau Scheringer stand noch immer mit erhobenem Stockschirm über ihm, und Franz starrte Pit an wie ein Wundertier.
»Los, schnell, renn zu Pepper. Er muß herkommen. Und er soll möglichst eine Waffe mitbringen«, rief Pit.
»Und Michael?«
»Laß ihn, wir schaffen ihn nachher zu Pepper rüber. Die Alte hat ein tolles Hausmittel. Die bringt ihn wieder auf die Beine.«
»Die Alte?« Franz wirkte echt verwirrt.
»Ja, das bin ich«, sagte Frau Scheringer, »alle nennen mich so!«

Wiedersehen in der Nacht

Eine seltsame Versammlung war das. Gonzales lag auf Paul Peppers Couch und war an Händen und Füßen gefesselt. Michael hing in einem Sessel und ließ sich das angeschwollene Kinn von Frau Scheringer mit einer Kräuterlösung abtupfen. Pepper hatte noch einmal Tee gemacht und schenkte rundum ein, während er zwischen rechter Schulter und rechtem Ohr den Telefonhörer eingeklemmt hatte und mit Rübenach sprach. Franz und Pit saßen nebeneinander auf einer der beiden gepolsterten Bänke.
»Kein Zweifel«, sagte Pepper gerade ins Telefon, »irgendwer

muß Pit und Michael belauscht haben... Bitte? ... Ja, sicher im ›Rocky‹. Ich nehme an, dieses Punkmädchen hinter der Bar. Die hat mir gleich so einen tüchtigen Eindruck gemacht. ... Ja, den können Sie gerne abholen, der macht den Mund sowieso nicht auf.«

Pepper warf Gonzales einen bedeutungsvollen Blick zu. »So, wie er da liegt, macht er keinen besonders imponierenden Eindruck.«

Gonzales spuckte in ohnmächtiger Wut auf den Boden. Frau Scheringer sah es, drohte mit dem Zeigefinger und machte: »Tz, tz, tz, tz!«

Pepper legte auf und sagte: »Rübezahl ist schon auf dem Weg.« Er ging zu Gonzales hinüber, sah ihn eine Weile an und fragte dann: »Treffen sich Ihre Kollegen noch immer draußen am alten Stellwerk?«

Die Frage tat ihre Wirkung. Gonzales' Gesicht wurde um einige Grade bleicher, sein Blick flatterte, er brummte etwas Unverständliches.

»Das genügt mir«, meinte Pepper mit einem leisen Lächeln. Er beugte sich so weit zu dem gefesselten Gonzales hinab, daß sein Mund dicht an dessen Ohr war. »Und wie steht's mit dem Narbengesicht?«

»Sie wissen...« entfuhr es Gonzales, dann klappte er seinen Mund wieder zu. Aber er starrte Pepper mit einer Mischung aus Angst und Hochachtung an. Nach einiger Zeit sagte Gonzales mit rauher Stimme: »Aber woher ... ich hätte nie ... woher wissen Sie etwas über das Narbengesicht?«

Pepper gab ihm keine Antwort, sondern sagte: »Wenn Sie jetzt auspacken, können Sie sich manches erleichtern, Gonzales.«

Der Gefangene schüttelte den Kopf. »Ich sag' nichts!«

Paul Pepper hatte nichts anderes erwartet. Er richtete sich wieder auf und ging zu dem Tisch mit der Glasplatte hinüber, um sich ein paar Notizen zu machen.

Die Tür flog auf. Kommissar Rübenach betrat den Salon und musterte Gonzales. »Das ist also das Früchtchen«, sagte er.

»Nehmen Sie ihn mit«, rief Pepper kurz angebunden vom Tisch herüber, »ich muß gleich los.«
»Wohin?« fragte Rübenach.
»Das erkläre ich Ihnen später.«
»Extratouren?«
»Jetzt schlägt's dreizehn«, empörte sich Pepper, »erst engagieren Sie mich, und dann nennen Sie meine Arbeit eine Extratour!«
»Ich habe gesagt, wenn Sie den ersten Zipfel haben, übernehme ich«, polterte Rübezahl, »und dieser Vogel da ist ja wohl mehr als nur ein Zipfel, oder?«
»Trotzdem muß ich jetzt weg!« Pepper dachte gar nicht daran, sich auf eine Diskussion einzulassen.
Rübenach musterte Michael und Franz.
»Was sind denn das für zwei?«
»Freunde von Pit.«
Gonzales räusperte sich. »Das sind meine Leute!«
»Unsinn«, fuhr Pepper auf.
»Aha!« meinte Rübezahl.
»Wem wollen Sie glauben, diesem Gangster da oder mir?« rief Pepper.
»Das will ich Ihnen genau sagen: Ich glaube keinem von Ihnen, sondern kümmere mich selbst um die jungen Herren.«
»Nein!« sagte Pepper sehr bestimmt.
»Wie bitte?« Rübezahl legte seine breite Stirn in zahlreiche Falten.
»Ich kann Ihnen jetzt nicht sagen, warum ich auf die beiden nicht verzichten kann. Aber im Augenblick kann ich sie Ihnen unmöglich überlassen.«
»Was treiben Sie für ein Spiel, Pepper?«
»Hören Sie auf, Rübenach, sich hier aufzuspielen!« Pepper war nun richtig böse geworden. »Ich spiele kein Spiel. Ich will nur meine Arbeit machen, wie ich sie für richtig halte. Das war einer der Gründe dafür, daß ich Ihre Abteilung verlassen habe.«
Peppers Gesicht war rot angelaufen vor Zorn.

Frau Scheringer mischte sich ein: »Sie haben doch einen schönen Erfolg, Herr Hauptkommissar, das müßte doch fürs erste genügen.«
»Was ist denn das für eine Argumentation? Seit wann läßt man Verbrecher laufen, sozusagen bis zum nächsten Mal, nur weil ein verrücktgewordener Privatschnüffler...«
»Raus!« donnerte Pepper, »verlassen Sie sofort meine Wohnung!«
Gonzales sah eine Chance. »Wenn ich etwas sagen könnte, Herr Hauptkommissar...« rief er von der Couch her.
»Sie halten den Mund!« schrie ihn Rübenach an.
Pepper fing sich ein wenig. »Ich habe morgen einen Termin mit dem Staatsanwalt«, sagte er.
»Ach ja?« Jetzt schwoll Rübenachs Zornesader noch mehr. »Kontakte mit der Staatsanwaltschaft, hinter meinem Rükken!«
Pepper grinste. »Ich wüßte nicht, was das mit Ihrem Rücken zu tun hat.«
Der Kommissar packte Gonzales unsanft. »Los jetzt, wir gehen. Ich bin in einer Stimmung, die für ein Verhör ganz gut geeignet ist.« Dann wandte er sich nochmals Pepper zu: »Und wir beide sprechen uns noch.«
»Das denke ich auch. Vielleicht kann ich Ihnen die Offiziere der Organisation genauso frei Haus liefern wie Señor Gonzales«, konterte PP.
Rübezahl sagte nichts mehr, sondern zerrte Gonzales mit sich aus dem Eisenbahnwagen. Die Tür fiel krachend zu.
Pepper ließ sich in seinen Lieblingssessel fallen.
»Übrigens, vielen Dank«, sagte Michael.
»Wieso? Ach so, ja.« Pepper sah den Jungen an. »Aber glaub' nur nicht, daß du damit schon aus dem Gröbsten raus bist.« Er stand auf. »Ihr verdrückt euch jetzt. Lauft aber nicht weg. Morgen treffen wir uns gegen vierzehn Uhr hier bei mir. Bis dahin habe ich beim Staatsanwalt vorgesprochen und das Feld am Nordbahnhof sondiert.«

»Alleine?« fragte Pit.
»Auf jeden Fall ohne dich«, antwortete Pepper, der noch immer übelgelaunt war.
Die drei Jungen machten sich auf den Weg. Pepper und Frau Scheringer saßen sich gegenüber und tranken Tee.
»Ich muß noch heute nacht da raus«, sagte Pepper mehr zu sich selbst.
»Warum?« fragte die Alte.
»Weil sie vielleicht regelmäßige Kontakte mit Gonzales vereinbart haben. Und wenn er sich nicht meldet, schrillt die Alarmglocke bei denen.«
Die Alte nickte. »Das könnte schon sein. Ich komme mit.«
»Sie wären mir kaum eine Hilfe.«
»So? Und wie war's damals in der Autohalle?* Ich habe nämlich ein Talent, immer dann zu kommen, wenn man einen von euch heraushauen muß.«
Unwillkürlich mußte Pepper lachen.
»Gut«, sagte er, »das sind schlagende Argumente. Im wahrsten Sinn des Wortes.«
Er sah auf die Uhr. Es war kurz nach elf.

Als sie das Stellwerk erreichten, schlug eine Kirchturmuhr gerade halb zwölf.
»Eine ganz schön verlassene Gegend ist das«, flüsterte die Alte, als sie aus dem Auto stieg.
»Angst?« fragte Pepper.
»Sie etwa nicht?«
»Nein, schon lange nicht mehr.« Er drückte die Fahrertür leise zu.
Ein Käuzchen schrie.
»Da entlang«, sagte Pepper.
Ein Stück weit folgten sie einem Schienenstrang, der fast überwuchert war. Frau Scheringer hatte große Mühe mit dem Ge-

* Siehe *Paul Pepper und die sechs Dunkelmänner,* Franckh Verlag, Stuttgart.

hen. »Ich fürchte, ich habe mir zu viel zugemutet«, meinte sie und blieb stehen. »Und für Sie bin ich nur eine Belastung.«

»Ach was, wir haben Zeit!«

Pepper hakte die Alte unter und führte sie behutsam weiter über den geschotterten Bahndamm. Ein Tier huschte vor ihren Füßen davon.

»Was war denn das?« fragte die Alte erschrocken.

»Ein Marder auf Mäusejagd«, antwortete Pepper. »Das sind possierliche Tierchen mit ein paar schlechten Angewohnheiten.«

»So?«

»Ja, zum Beispiel fressen sie gerne Gummi und Plastik. Ehrlich. Mir haben sie schon zwei Mal die Benzinleitung meines Autos angeknabbert.«

Nach etwa zweihundert Metern führte Pepper die Alte vorsichtig die Böschung hinunter. Sie kamen auf einen Weg, der früher einmal asphaltiert gewesen war. So weit man es im fahlen Mondlicht sehen konnte, war die Straßendecke in Tausende von Schlaglöchern aufgebrochen. Dazwischen hatten sich Huflattich- und Löwenzahnpflanzen einen Platz zum Überleben erkämpft.

Pepper und Frau Scheringer befanden sich jetzt zwischen zwei Hütten, die früher wohl einmal das Eingangstor flankiert hatten. Jetzt hing nur noch ein Drahtgestrüpp an einem morschen Querbalken, der als Schlagbaum diente. Pepper trat dagegen, aber das Holz war noch nicht so morsch, daß es nachgegeben hätte. Sie umgingen das Hindernis.

Das Gelände lag vor ihnen. Ehemalige Lagerschuppen mit Verladerampen, zusammengefallene Verwaltungsgebäude, Straßen und Parkplätze, Gleisbauten mit Rangierstellen – eine gespenstische Landschaft im schwachen Mondlicht.

»Irgendwann einmal kommen die großen Raupen und Bagger und machen hier alles dem Erdboden gleich«, sagte Pepper.

»Und dann?«

»Das Gelände hat eine Speditionsfirma gekauft, die aber zur

Zeit nicht genug Geld hat, um ihre Baupläne in die Tat umzusetzen. Deshalb verkommt hier alles.«
Pepper war stehengeblieben, um sich zu orientieren. Da tauchte plötzlich ein Licht auf.
»Schnell in Deckung«, zischte der Detektiv. Er zog Frau Scheringer mit sich hinter eine Verladerampe.
Ein Auto näherte sich mit abgeblendeten Scheinwerfern und hielt am Rande des Geländes. Pepper konnte einen Schatten ausmachen. Es mußte ein großer, hagerer Mann sein, der da hinten aus dem Wagen stieg und den einstigen Schlagbaum mit dem zerschlissenen Drahtgitter betätigte. Der Wagen fuhr hindurch, und der Mann stieg wieder ein, nachdem er den Schlagbaum heruntergelassen hatte. Langsam fuhr das Auto weiter. Pepper erkannte den Wagen, den er vor dem ›Rocky‹ gesehen hatte. Das Fahrzeug glitt leise an ihnen vorbei.
»Augenblick«, flüsterte Pepper, »ich will mal sehen, wo der hinfährt.« Er tauchte unter der Rampe hindurch und lief auf den Fahrweg hinaus.
Das Auto bog nach links ab, aber Pepper konnte sehen, wie sich der Lichtschein der Lampen weiterbewegte. Zwei Mal noch schien der Wagen die Richtung zu ändern. Dann erloschen die Scheinwerfer. Pepper ging zu Frau Scheringer zurück.
»Der ist mindestens noch drei Kilometer gefahren.«
»Das schaffe ich nicht«, sagte sie.
»Soll ich meinen Wagen holen?« fragte Pepper.
»Nehmen Sie doch den dort!« Die Alte deutete mit ihrem Stockschirm in die Nacht.
Pepper wandte sich um und kniff die Augen zusammen. Er sah, was sie meinte. Hinter dem Ladegebäude stand ein alter Schubkarren.
»Ist das Ihr Ernst?« fragte er.
»Warum denn nicht? Schlecht gefahren ist immer noch besser als gut gelaufen.«
»Tja, wenn Sie meinen!«
Pepper holte den Schubkarren. Die Alte setzte sich ohne viel

Umschweife hinein, und der Detektiv packte die beiden Holme. Ab ging die Fahrt.
»Ein Jammer«, sagte Frau Scheringer, »daß wir das nicht filmen können.«
Pepper sagte nichts, denn Frau Scheringer hatte kein geringes Gewicht, und zudem war die Straße schlecht. Er versuchte, die tiefsten Schlaglöcher zu umgehen, was nicht immer gelang. Jedesmal, wenn das Rad wieder in eines der allzu tiefen Löcher rutschte, stieß Frau Scheringer einen kleinen Schrei aus.
Sie näherten sich dem nördlichen Teil des Geländes. Pepper hatte versucht, den Kurs nachzuvollziehen, den die Lichter des Wagens zuvor genommen hatten. Sie hatten dabei einen Lokomotivschuppen passiert, eine Rangierscheibe, zwei alte, abgetakelte Loks und waren an einem verfallenen Lagerschuppen vorbeigekommen, aus dem ein seltsames Scharren und Rascheln zu hören war – Ratten, wie Pepper lakonisch feststellte. Und sie hatten eine große Zahl von Gebäuden gesehen, die halb abgerissen waren. »Da holen sich die Leute Steine, wenn sie irgendwo ein Gartenhaus oder einen Schuppen bauen«, hatte Pepper erklärt.
Schließlich kam ein noch ziemlich intaktes Haus in Sicht. »Das muß das Backsteinhaus sein, von dem Michael gesprochen hat«, sagte Pepper leise.
»Und wo ist das Auto?«
»Vermutlich irgendwo untergestellt. Schuppen und Baracken gibt es ja genug.«
Pepper setzte den Schubkarren ab und half Frau Scheringer heraus.
»Eine tolle Fahrt!« sagte die Alte.
»Psssst!« machte Pepper.
Von irgendwoher erklang gedämpft Musik.
»Hören Sie das?« fragte er leise.
»Ja.«
Pepper flüsterte: »Warten Sie hier!«
»Nein, ich fürchte mich.«

Pepper warf einen Blick zum nächtlichen Himmel. »Wenn Sie mitkämen, hätten Sie noch viel mehr Grund, sich zu fürchten!«

»Aber hier bleibe ich nicht!«

»Wo denn?«

»Ich geh' dort rüber zu der Treppe.« Sie zeigte auf ein zweistöckiges Gebäude, an dessen Giebelseite eine schmale Außentreppe zum ersten Stock hinaufführte.

»Meinetwegen«, brummte Pepper.

»Und ich steige ganz hinauf«, meinte die Alte.

»Warum denn das?«

»Weil ich mich oben weniger fürchte als unten.«

Pepper sagte nichts mehr, sondern überließ Frau Scheringer sich selbst. Allerdings wunderte er sich ein wenig. Frau Scheringer fürchtete sonst nicht Tod noch Teufel.

Er pirschte sich an das Backsteinhaus heran und warf noch einen Blick zurück. Resolut stieg die alte Dame die schmale Stiege hinauf und setzte sich auf die oberste Stufe. Sie erhob sich dann aber gleich wieder, um ihre nähere Umgebung genauer zu untersuchen.

Pepper achtete nicht mehr darauf, sondern wandte seine ganze Aufmerksamkeit dem fensterlosen Backsteinhaus zu. Die Musik war jetzt besser zu hören. Swing! Klänge aus den dreißiger Jahren, gespielt von einer Big Band.

Pepper untersuchte eine massive Holztür. Sie war neu eingesetzt worden und so fest verriegelt, daß man schon ein Päckchen Dynamit gebraucht hätte, um sie zu öffnen. Vorsichtig und eng an die Hausmauer gepreßt, schlich sich Pepper weiter. Der Boden war uneben und von Stauden und Büschen bewachsen. Dazwischen lag allerlei Abfall: zerborstene Flaschen, Dosen, Bretter voller Nägel, Plastikbehälter.

Pepper bewegte sich langsam. Die Musik wurde leiser. Er erreichte die hintere Hausecke. Fauchend sprang eine Katze zur Seite. Und wie zur Antwort bellte irgendwo ziemlich weit entfernt ein Hund. Gedämpft waren die Fahrgeräusche von der nahen Autobahn zu vernehmen.

An der hinteren Giebelseite befand sich eine breite, zweiflügelige Tür, die nur angelehnt war. Pepper schob seine Hand in den schmalen Spalt und öffnete den rechten Türflügel etwas weiter. Von innen hörte er ein leises metallisches Knacken. Er erkannte das Geräusch – es entstand, wenn ein Auto, das nach langer Fahrt warm gelaufen war, langsam abkühlte.
Vorsichtig schob er sich durch den Türspalt. Der Boden war glatt. Vermutlich Beton, dachte Pepper. Er streckte den Arm aus und tastete sich vorwärts. Hier drinnen war es dunkel, durch den Türspalt fiel nur wenig Licht. Peppers Hand stieß gegen den Kühler des Fahrzeugs. Sekundenlang blieb der Detektiv regungslos stehen und horchte in die Dunkelheit hinein. Nichts rührte sich. Pepper riß ein Streichholz an.
Im flackernden Licht der kleinen Flamme sah er, daß er sich in einer Garage befand, die von dem schweren Wagen fast völlig ausgefüllt wurde.
An der hinteren Wand führte eine kurze Steintreppe zu einer Metalltür hinauf. Ehe das Streichholz erlosch, sah Pepper, daß ein großer Schlüssel steckte.
Der Detektiv verfügte über einen ausgezeichneten Orientierungssinn. Den Weg zu der Metalltür legte er ohne Licht und ohne auch nur einmal irgendwo anzustoßen zurück.
Er zog den Schlüssel aus dem Schloß, drückte unendlich langsam die schwere Eisenklinke nieder und schob die Tür auf.
Vor ihm lag ein langer, weiß gegipster Gang, in dem eine schwache Glühbirne brannte. Pepper schob den Schlüssel in die Hosentasche und drückte die Tür leise auf.
Schnell schritt er durch den Gang, an dessen Ende wieder ein paar Stufen zu einer Tür hinaufführten, die halb offen stand. Sie führte in einen großen Raum voller hoher Regale, zwischen denen schmale Gänge hindurchführten.
Die Musik war jetzt sehr deutlich zu hören, brach dann aber plötzlich ab. Pepper verhielt den Schritt. Der Raum wurde von einer Notbeleuchtung erhellt – einer einzelnen Leuchtstoffröhre, die an der Decke befestigt war. Offensichtlich lagerte die

Diebesbande hier ihre Beute. Auf den stabilen Regalen lagen ganz unterschiedliche Kisten und Kartons – Originalverpakkungen teurer Geräte zumeist.
Er glaubte, Stimmen zu hören, und dachte einen Augenblick lang daran umzukehren. Dann schritt er doch schnell durch einen der Gänge und kam an die Stirnwand des Raumes. Von hier aus führte nur eine Tür weiter. Hinter ihr setzte nun wieder Musik ein. Pepper kannte sie. Es war ein Stück von Benny Goodman.
Seine Hand lag jetzt auf der Türklinke. Sollte er sie niederdrükken oder nicht? Pepper wußte nicht, was ihn auf der anderen Seite erwartete. Er sprach sich selbst Mut zu und drückte die Klinke nieder.
Die Musik wurde noch lauter. Der Zuhörer mußte schwerhörig oder ein Liebhaber lauter Töne sein. Solange die Musik so dröhnte, konnte man auch das leise Quietschen der Tür nicht hören. Pepper wartete auf eine besonders laute Stelle und stemmte dann die Tür eine Handbreit auf.
Vor ihm lag ein etwa sechzig Quadratmeter großer Raum, in dessen Mitte ein großer, schwerer Schreibtisch stand, wie man ihn aus englischen Filmen kennt. Dahinter saß in einem hochlehnigen Ledersessel ein hagerer Mann mit langem, braunen Haar. Eine Tischlampe mit einem grünen Schirm warf einen kreisrunden Lichtschein auf die mit olivfarbenem Leder bespannte Schreibtischplatte. Der hagere Mann war über einen Papierblock gebeugt. Seine rechte Hand lag lässig auf einem Tischrechner. Die Finger bewegten sich in regelmäßigen Abständen flink über die Tasten.
Das Auffälligste an dem Hageren aber war eine breite Narbe, die sich von der linken Stirn bis zum Kinn zog.
Pepper starrte den Mann an. Wie lange war das her, daß er ihn zum letzten Mal gesehen hatte? Zwölf Jahre, vierzehn Jahre? Er wollte jetzt nicht daran denken. Er mußte einen klaren Kopf behalten. Zudem mußte die Musik gleich zu Ende sein. Neben dem Schreibtisch stand der Plattenspieler auf einem kleinen

Beistelltisch. Pepper sah, wie sich die Platte drehte und der Tonarm schon weit zur Mitte hin gewandert war.
Der Hagere hob den Kopf und sah sinnend zur Decke hinauf. Seine Lippen bewegten sich, aber Pepper konnte nicht verstehen, was er sprach.
Der Mann mit der Narbe stand unvermittelt auf und ging zu einem Regal an der Rückwand, um eine neue Platte zu suchen. Pepper zog sich zurück und lehnte die Tür an.
Das Narbengesicht war also wieder im Land. Und wieder war er Boß eines großen Gangsterunternehmens. Gemeinsam hatten sie ihn damals zur Strecke gebracht, er und Rübenach. Ein Fahndungserfolg, der von der Presse gefeiert worden war. Rübenach erhielt kurz darauf die Leitung des Kommissariats übertragen. Das Narbengesicht kam in ein ausbruchsicheres Gefängnis und war zwei Tage später verschwunden. Niemand wußte, wann, wie und mit wessen Hilfe ihm die Flucht gelungen war. Seitdem war dieser ebenso intelligente wie skrupellose Mann nicht wieder aufgetaucht. Nie wieder hatte es Verbrechen mit seiner Handschrift gegeben. Und so war das Narbengesicht in Vergessenheit geraten.
Damals hatte er sich auf Juweliere und Goldschmiede spezialisiert. Er hatte gut und gern zwei Dutzend Geschäfte ausgeraubt.
Pepper spürte die Erregung, die ihn gepackt hatte. Er mußte Rübenach benachrichtigen. Noch einmal durfte der Gangster nicht entkommen.
Erst jetzt wurde dem Detektiv bewußt, in welcher Gefahr er sich befand. Er stand unbewaffnet und ohne Helfer im Lagerraum einer gefährlichen Verbrecherorganisation, deren Chef kurzen Prozeß machen würde, wenn er ihn in die Finger bekam. Und jeden Augenblick konnte einer der Leibwächter vor ihm stehen.
Hinter ihm brach die Musik ab. Und eine Stimme, die Pepper nur allzugut kannte, rief: »Frédéric!« Kurz darauf war eine schrille Klingel zu hören. Schritte näherten sich durch die

Lagerhalle. Pepper konnte sich im letzten Augenblick hinter einem Regal verbergen. Der Mann, der durch einen der Gänge gelaufen kam, war Pepper bekannt. Er hatte ihn im ›Rocky‹ gesehen – es war der Sprecher des fein gekleideten Trios. Frédéric, wie er offensichtlich gerufen wurde, verschwand durch die Tür, ließ sie aber halb offen stehen. Die Gangster mußten sich hier sehr sicher fühlen.

»Was ist mit Gonzales?« hörte Pepper das Narbengesicht.

»Keine Ahnung«, antwortete Frédéric.

»Sollte er nicht heute abend kommen?«

»Jeden Abend, doch.«

»Und?«

»Es ist noch nicht Mitternacht, Sir!«

Pepper mußte grinsen. Früher hatte sich der Mann mit der Narbe ›Chef‹ nennen lassen, jetzt wurde er offensichtlich mit ›Sir‹ angeredet. Mit bürgerlichem Namen hieß er schlicht Friedrich Meier.

»Gut«, hörte Pepper den Gangsterboß sagen, »wir warten bis Mitternacht. Verspätet er sich manchmal?«

»Fast immer«, sagte Frédéric, und seine Stimme klang gehässig.

»Habt ihr Probleme miteinander?«

»Gonzales ist eine schwache Figur für einen Bereichsleiter.«

»Meinst du, Frédéric?«

»Ja.«

»Du denkst also, wir sollten ihn ersetzen?«

»Wir werden ihn zwangsläufig ersetzen müssen. Seine Organisation ist auseinandergebrochen.«

»Und das erfahre ich erst jetzt?« Die Stimme hatte plötzlich einen schneidenden Klang.

Pepper wunderte sich. Tatsächlich hatte er nicht damit gerechnet, daß das Narbengesicht noch nicht unterrichtet war.

»Sie kamen erst heute abend an, Sir.«

»Aber man kann mich erreichen.«

»Ich dachte...«

»Denken ist etwas für Leute mit Verstand, Frédéric. Wenn du dir Hoffnungen auf die Nachfolge von Gonzales gemacht hast, sind sie in diesem Augenblick zerbrochen.«
»Jawoll, Sir.«
Pepper mußte lächeln. Friedrich Meier, genannt das Narbengesicht, hatte sich nicht verändert. Er war zynisch, kaltblütig und brutal. So kannte er ihn von früher. Und so war er also noch immer.
Pepper zog sich weiter in den Raum zurück, denn es schien, als sei die Unterredung beendet.
Tatsächlich kam Frédéric heraus und drückte die Tür zu. Er nahm einen Karton und warf ihn wütend gegen die Wand. Aus Meiers Büro klang jetzt ein Trompetenstück von Louis Armstrong.
Wütend stapfte Frédéric einen der Regalgänge hinunter und warf die Tür zu dem weiß gegipsten Korridor hinter sich zu.
Pepper beschloß, sich ebenfalls davonzumachen. Er mußte auf dem schnellsten Weg Rübezahl erreichen.
Geduckt schlich er durch die Lagerhalle und schlüpfte hinaus. Der Korridor erschien ihm fast unüberwindlich lang. Was geschah, wenn Frédéric zurückkam?
Im Laufschritt hastete Pepper durch den Korridor, erreichte die Metalltür und öffnete sie behutsam. Frédéric stand in der geöffneten Flügeltür zum Hof und atmete tief die frische Nachtluft ein.
Pepper schlich die Stufen hinab und duckte sich hinter den großen Wagen. Durch die Scheiben beobachtete er den elegant gekleideten Mann, dessen Silhouette vor dem hellen Nachthimmel gut zu erkennen war.
Frédéric zog einen kleinen Gegenstand aus der Tasche und setzte ihn an die Lippen. Eine kleine Melodie erklang. Der elegante Gangster spielte Mundharmonika…
Pepper schlich an dem Auto entlang. Irgendwie mußte er Frédéric von der Tür weglocken. Er sah sich um. An jeder Längsseite der Garage stand ein offenes Regal mit allerlei Ersatztei-

len und Werkzeugen. Pepper griff sich eine Schraubenmutter und warf sie über den Kopf Frédérics hinweg in die Dunkelheit. Die Schraube prallte auf einen harten Gegenstand. Sofort kam Bewegung in den Mundharmonikaspieler. Er steckte das kleine Instrument in die Hosentasche und griff nach einer Taschenlampe, die in einer Nische direkt neben der Flügeltür lag. Schnell ging er in die Nacht hinaus. Pepper huschte durch die Tür und bog um die Ecke. Er hastete an der Längsseite des Backsteinhauses entlang, stolperte, fiel beinahe, fluchte leise und fing sich wieder. Aber Frédéric war schon herumgefahren und leuchtete die Wand ab. Das Licht huschte über Pepper hinweg, der im Laufschritt an dem Gebäude entlang rannte.

»Halt!« donnerte Frédérics Stimme.

Pepper lief mit unverminderter Geschwindigkeit weiter. Er hörte Schritte hinter sich.

Er erreichte die vordere Ecke des Backsteinhauses. Für einen Augenblick sah er die alte Frau Scheringer ganz oben auf der steilen Treppe am Haus gegenüber.

Ein Schuß peitschte. Pepper warf sich hin, rappelte sich aber sofort wieder auf und machte einen gewaltigen Satz. Jetzt hatte er die vordere Giebelfront erreicht und überquerte in riesigen Sprüngen den Platz.

Er war schon bei dem Gebäude gegenüber, als Frédéric an der Ecke des Backsteinhauses ankam. Das Licht der Taschenlampe geisterte über den unebenen Platz. Pepper hatte sich gebückt und einen halben Backstein erwischt. Er warf ihn in die Nacht hinein. Irgendwo hörte man ihn auf Metall aufschlagen. Der Lichtkegel fuhr herum und riß eine verbeulte Betonmischmaschine aus der Dunkelheit.

Frédéric fluchte. Pepper hatte sich hinter einem morschen Balken verkrochen und rief leise: »Frédéric, was ist denn?«

Der elegante Gangster wandte sich erneut um und ging geduckt auf Pepper zu. Er kam an der Treppe vorbei und stand fast genau unter Frau Scheringer. Seine Taschenlampe erfaßte Pepper.

»Aha, Sie also!« rief er mit drohender Stimme.
Exakt in diesem Moment ließ Frau Scheringer über ihm einen viertelvollen Zementsack fallen. Er traf Frédéric im Genick, platzte auf und hüllte ihn in hellgrauen, feinen Staub, während der Gangster mit einem leisen Seufzer zu Boden ging.
»Den Anzug kann er leider nicht mehr anziehen«, sagte die Alte kichernd und machte sich an den Abstieg.
Pepper empfing sie. »Das haben Sie tadellos gemacht!«
»Ja, ja, wer sollte euch Draufgänger wohl heraushauen, wenn nicht immer wieder die alte Scheringer?«
Sie hakte sich bei Pepper ein. Doch der Detektiv machte sich los und beugte sich über den zementbestäubten Frédéric.
»Bewußtlos«, stellte er fest.
»Ist es schlimm?«
»Wenn Sie einen Backstein geworfen hätten oder einen Zentner Mauerwerk, wäre es schlimmer.«
Wieder gab Frédéric einen Seufzer von sich.
»Wir müssen telefonieren«, sagte Pepper.
»Na, hier gibt's auf jeden Fall keine Telefonzelle«, sagte die Alte.
»Und bis zum Tor sind es drei Kilometer!« Pepper biß sich auf die Lippen und dachte nach.
Frau Scheringer bohrte ihm ihren Zeigefinger in den Bauch.
»Ich hab's!«
»Na?«
»Der hat doch bestimmt Telefon in seinem Superauto!«
»Schon möglich, aber...«
»Und dieser feine Herr da hat vielleicht die Schlüssel zu dem Traumwagen in der Tasche.«
Pepper schaute Frau Scheringer mit größter Hochachtung an.
»Sie sind genial!«
Er durchsuchte Frédérics Taschen, brachte einen Revolver hervor, steckte ihn ein und fand auch einen Schlüsselbund. Er ließ die einzelnen Schlüssel durch die Finger gleiten. »Da, das müßten die für den Wagen sein.«

»Ich halte Ihnen den Kerl vom Leib«, sagte die Alte, »gehen Sie nur!«
»Und wie wollen Sie das machen?«
»Ich steige wieder hinauf. Ich habe noch vier oder fünf solcher Säckchen dort oben deponiert.«
»Armer Frédéric«, meinte Pepper und rannte den gleichen Weg zurück, den er gekommen war.
Frau Scheringer hatte recht gehabt. Der Gangsterboß besaß eine hochmoderne Autotelefonanlage.
Als Pepper zu Rübezahl durchgestellt wurde, hatte dieser bereits eine Stunde mit Gonzales verbracht, ohne auch nur einen Schritt weitergekommen zu sein.
»Ja?« bellte er ins Telefon.
Pepper sagte: »Bitte hören Sie jetzt genau zu, ohne mich zu unterbrechen. Ich bin in einer gefährlichen Situation...«
Dann schilderte er im Telegrammstil, was geschehen war. Er schloß: »Ich werde versuchen, das Narbengesicht hier festzuhalten. Aber ich weiß nicht, ob es mir gelingt. Also beeilen Sie sich.«

Rübezahl legte auf. Er hatte keine Silbe von sich gegeben. Jetzt starrte er Gonzales so an, daß dem seltsam unbehaglich wurde.
»Was ist denn?« fragte sein Gegenüber schließlich. Rübezahl betonte jede Silbe: »Ich fahre jetzt zum Stellwerk am ehemaligen Güterbahnhof in einen Backsteinbau ganz am Ende des Geländes und nehme mir das Narbengesicht zur Brust. Er hat sich übrigens beschwert, daß Sie den ganzen Abend nicht gekommen sind, Gonzheimer!«
Für solche Augenblicke, dachte Rübenach, lohnt es sich, Tag und Nacht zu arbeiten. Er stand auf, rieb sich zufrieden die Hände und brüllte: »Abführen!«
Zwei uniformierte Beamte kamen herein, um Herbert Gonzheimer mitzunehmen. Der stolze Señor Gonzales war nur noch ein Häufchen Elend.

Das Narbengesicht wehrt sich

Pepper hatte den Hörer aufgelegt. Er stieg aus dem Wagen und ging auf die Eisentür zu. Den Schlüsselbund ließ er spielerisch um den Zeigefinger kreisen.
Er wußte genau, daß Frédéric und das Narbengesicht nicht die einzigen sein konnten, die im Haus waren. Friedrich Meier hatte es immer geliebt, einen Hofstaat um sich zu haben – Männer, die aufs Wort gehorchten und ihm seine Wünsche von den Augen ablasen. Dafür zahlte er ihnen viel Geld.
Tief in Gedanken ging Pepper durch den weiß gegipsten Gang. In seiner Tasche spürte er die schwere Waffe Frédérics. Er betrat den Lagerraum, durchquerte ihn und öffnete die Tür zu Friedrich Meiers Büro.
»Was fällt dir ein, Frédéric«, schnauzte ihn der ›Sir‹ an, ohne dabei den Kopf zu heben. »Klopf gefälligst an, ehe du eintrittst.«
»Sorry«, sagte Pepper und lehnte sich gegen die Tür, die er leise zugedrückt hatte.
Meier schaute auf. Er kniff die Augen zusammen, griff nach seiner Brille auf dem Schreibtisch und setzte sie auf.
»Pepper?« sagte er erstaunt. Dann lächelte er. »Meine Augen sind nicht mehr so gut wie früher.«
»Tja, es scheint überhaupt einiges schlechter geworden zu sein«, entgegnete Pepper.
»Was meinen Sie?«
»Ihre Leute zum Beispiel: Gonzales ist ein Versager und Frédéric ein kleiner Angeber ohne Format.«
Meier grinste schief. »Na, Sie wollten ja nie zu mir kommen.«
Pepper nickte. »Zum Kriminellen hat es eben nie gereicht bei mir.«
Der Mann mit der Narbe ließ sich in seinem Stuhl zurückfallen und streckte sich. »Und nun zur Sache, Pepper. Wie kommen Sie hier herein, und wen haben Sie bei sich?«

Pepper ging nicht darauf ein, sondern fragte selbst: »Seit wann sind Sie denn wieder im Geschäft, Narbengesicht?«
»Lange genug. Wie ich höre, haben Sie bei der Polizei abgemustert? Also: Als Bulle sind Sie nicht hier, als was dann?«
Pepper lachte leise. »Sie werden es nicht glauben, aber es ging anfänglich nur um ein paar Zeitungen.«
»Wie bitte?«
»Eine gute Bekannte von mir, eine Freundin, um genau zu sein, hat einen Kiosk. Man hat ihr ein paar Mal die Zeitungen gestohlen, bevor sie die Pakete abholen konnte. Diese Freundin ist einundachtzig Jahre alt und nicht mit weltlichen Gütern gesegnet. Nun gut, ich wollte ihr helfen, das abzustellen.«
»Ich werde der Dame den Schaden ersetzen.«
»Ach, lassen Sie mal. Die Alte hat sich schon selbst schadlos gehalten.«
»Wie denn das?«
»Sie hat Frédéric außer Gefecht gesetzt.«
»Frédéric? Wie denn?«
»Mit zwanzig Pfund Zement, es können auch fünfundzwanzig gewesen sein.«
»Hören Sie auf, mich zu veralbern, Pepper.«
»Es stimmt!« Pepper erzählte dem Gangsterboß in aller Ruhe, was passiert war.
Schließlich sagte das Narbengesicht: »Sie sind mit dieser alten Dame also ganz alleine auf dem Gelände?«
»So ist es.«
»Und niemand weiß etwas davon?«
»Das habe ich nicht gesagt.«
»Aha.« Friedrich Meier nahm die Brille ab und betrachtete seine gepflegten Hände. »Sie haben etwas hinterlassen?«
»Nein, ich habe soeben Rübenach benachrichtigt!«
Meier ließ die Brille fallen. Sie prallte auf die Schreibtischkante. Ein Glas zersplitterte.
»Unmöglich!« Meier lachte schrill und unnatürlich.
»Warum sollte das nicht möglich sein?«

»Auf dem ganzen Gelände gibt es kein Telefon.«
»Doch.«
»Doch? Sollten wir vergessen haben, eines zu zerstören?«
»Es gibt das in Ihrem Wagen, ›Sir‹!« Pepper warf den Schlüsselbund in die Luft und fing ihn wieder auf.
Meier griff unter die Schreibtischplatte, aber ein scharfer Zuruf Peppers stoppte ihn. »Lassen Sie das!«
Der Detektiv richtete Frédérics Waffe auf das Narbengesicht. Meier richtete sich langsam in seinem Sessel auf. »Also gut«, sagte er, »wieviel?«
»Wieviel was?«
»Was kosten Sie, Pepper? Jeder Mensch hat seinen Preis!«
»Machen Sie ein Angebot!« Pepper mußte Zeit gewinnen.
»Fünfzigtausend auf die Hand, bar und nicht zu versteuern.«
»Klingt nicht schlecht«, meinte Pepper. Er hielt den Revolver unverändert auf das Narbengesicht gerichtet.
»Fünfundsiebzigtausend«, sagte Meier.
»Und was wollen Sie dafür?«
»Nicht mehr, als daß Sie mir aus dem Weg gehen und mich ziehen lassen, bevor Rübezahl hier auftaucht.«
»Und wenn ich nicht einwillige?«
»Lasse ich mich in aller Ruhe gefangennehmen und breche wieder aus.«
Pepper nickte. »Das glaube ich sogar. Ich hätte nur gerne noch eine Frage beantwortet: Warum haben Sie sich der Jugendbanden bedient? Sie mußten die gefährdeten Jungen erst finden, dann ausbilden und fest an sich binden. Das war harte Arbeit, und im Grunde waren es für Sie doch nur kleine Geschäfte, die Sie mit denen machen konnten.«
»Kleinvieh macht auch Mist«, antwortete Meier. »Aber zugegeben, das war es nicht allein. Jeder Sportverein kümmert sich um Nachwuchs. Wie wollen Sie im organisierten Verbrechen auf Dauer Erfolg haben, wenn Sie nicht über die richtigen Leute verfügen? Sie sehen es doch selbst: Auf diesem Gelände sollen drei erstklassige Leute für meine Sicherheit sorgen, wenn

ich ausnahmsweise einmal in dieser Stadt bin. Und Sie, ein – verzeihen Sie, Pepper –, ein alter Mann, können ohne weiteres einen meiner Topleute ausschalten und hier hereinspazieren.«

»Trotzdem. Sie haben junge Menschen zu Verbrechern gemacht, die ohne Ihre Einwirkung als anständige Leute ihr Geld verdient hätten.«

Meiers Gesicht verzog sich zu einer Grimasse.

»Hören Sie auf, Pepper. Wie war's denn bei mir, hä? Mit fünfzehn haben sie mich zu Hause abgeschrieben, weil ich beim Spielen – beim Spielen wohlgemerkt! – eine Scheune angezündet hatte. Es war nicht meine Absicht gewesen. Trotzdem haben sie mich Brandstifter genannt. Und als ein Onkel von mir bestohlen wurde, war es natürlich auch der kleine Friedrich, obwohl ich absolut nichts damit zu tun hatte. Und wissen Sie, wo ich *das* herhabe?« Er deutete auf seine vernarbte Backe.

Pepper schüttelte den Kopf.

»Mein Vater hat mich mit dem Gesicht auf die Herdplatte gedrückt, als es ein zweites Mal bei uns brannte. Erst später stellte sich heraus, daß ein Kurzschluß schuld daran war. Und zu diesem Kurzschluß wäre es nie gekommen, wenn mein alter Herr nicht so nachlässig gewesen wäre. Er war schuld, aber mich hat er fürs Leben gezeichnet.

Damals hab' ich beschlossen, denen zeig' ich's. Ich hab' mein Leben selbst in die Hand genommen. Meine Jugend war mir gründlich kaputtgemacht worden, schlimmer, als man es sich ausmalen kann. Jetzt war ich das Narbengesicht, und das war gleichbedeutend mit Verbrecher. Die Leute wandten sich von mir ab. Man kümmerte sich nur noch um mich, wenn man sich einen Vorteil davon versprach.«

Pepper schüttelte seinen massigen Kopf. »Und meinen Sie wirklich, daß es Ihnen etwas hilft, wenn Sie nun andere junge Leute auch ins Verderben ziehen?«

Friedrich Meiers Narbengesicht entspannte sich ein wenig. »Nein, Sie haben recht, es hilft mir nicht, aber manchmal tröstet es mich, so komisch das klingt.«

Pepper hielt noch immer seine Waffe auf den Gangsterboß gerichtet. Er wunderte sich, daß Meier plötzlich so ruhig und gelassen wirkte, aber den Anlaß dafür ahnte Paul Pepper nicht. Das Narbengesicht lachte. »Und wie soll's nun weitergehen, Meisterdetektiv?«

»Wir warten hier in aller Ruhe, bis Rübezahl erscheint.«

»Sie vielleicht, ich nicht.«

»Oh, doch. Sie rühren sich nicht von der Stelle, Meier. Glauben Sie ja nicht, daß ich Sie schone. Bei der ersten falschen Bewegung schieße ich.«

»Keine Sorge«, Meier lachte, »ich werde schon die richtigen Bewegungen machen!«

In diesem Moment hörte Pepper hinter sich leise Schritte. Aber da war es schon zu spät. Ehe er sich umdrehen konnte, traf ihn ein harter Schlag im Nacken und warf ihn nieder. Er hörte noch, wie sich das Gelächter Meiers steigerte, dann verlor er für Sekunden das Bewußtsein.

»Von drei Männern hat er gesprochen!« fuhr es Pepper durch den Kopf, als er wieder zu sich kam. Er sah noch, wie sich an der Wand hinter dem Schreibtisch eine Art Tapetentür schloß, die sich nahtlos in das Mauerwerk einfügte, so daß man nicht mehr erkennen konnte, wo ihre Fugen waren.

Pepper schüttelte seinen schweren Schädel und stützte sich mühsam auf die Hände. Der Mann, der ihn niedergeschlagen hatte, mußte noch hinter ihm stehen, und vermutlich war er bereit, jeden Moment erneut zuzuschlagen.

Doch da hörte Pepper ein Geräusch, das ihn überraschte. Hinter ihm fiel die Tür ins Schloß, ein Riegel wurde vorgeschoben. Pepper fühlte, daß er alleine war.

Langsam stemmte er sich hoch. Sein Kopf schmerzte. Er sah seine Umgebung wie durch einen dichten Nebel. Seltsam nur, daß dieser Nebel eine rosarote Färbung hatte. Pepper schüttelte erneut den Kopf, wie ein Hund, der sich das Wasser nach dem Baden aus den Haaren schütteln will. Da stimmte doch etwas nicht. Der Detektiv kniff die Augen zusammen.

Der Nebel war eine Art Rauch, der dick und rot unter dem Schreibtisch hervorquoll. Pepper wußte im gleichen Augenblick, daß dies sein Tod sein konnte.
Giftiges Gas breitete sich aus. Zunächst dicht über dem Boden wie ein hellroter Teppich. Aber langsam, ganz langsam füllte sich das Zimmer. Schon reichten die Schwaden bis zu Peppers Knien. Der Detektiv zwang sich zur Ruhe. Er warf einen Blick auf seine Uhr. Rübezahl mußte eigentlich schon auf dem Gelände sein. Pepper ging um den Schreibtisch herum, wuchtete den schweren, hochlehnigen Stuhl auf die Schreibtischplatte und kletterte hinauf. Er setzte sich auf das weiche Lederpolster und suchte das Zimmer systematisch mit den Augen ab. Wohin war das Narbengesicht verschwunden?
Länger als eine Viertelstunde würde es nicht dauern, bis Rübezahl da war. Aber würde er ihn finden?

Rübenach hatte sich zwei Gruppen zu zwölf Mann genommen und war sofort nach Peppers Anruf losgefahren. Mit Blaulicht und Martinshorn jagten die Wagen durch die nächtliche Stadt. Erst zwei Kilometer vor dem Gelände des einstigen Güterbahnhofs ließ Rübenach die Signale abstellen. Langsam rollten seine Fahrzeuge nun auf den Schlagbaum zu.
Ein Beamter öffnete ihn.
Peppers Beschreibung war sehr exakt gewesen, und Rübenach fand das Backsteingebäude auf Anhieb.
Er konnte Frau Scheringer gerade noch daran hindern, den dritten Zementsack hinunterplumpsen zu lassen.
»Wo ist Pepper?« rief er leise zu ihr hinauf.
Sie deutete auf das Backsteinhaus. »Hinten muß ein Eingang sein.«
»Umstellen!« befahl Rübenach.
Die Beamten schwärmten aus.
Rübenach stapfte um den Bau herum, fand die zweiflügelige Tür, entdeckte das Auto und riß die Tür zu dem schmalen Korridor auf. Mit entsicherter Waffe eilte er den engen Gang ent-

lang. Fünf seiner Männer folgten. Der Kommissar hielt sich im Lagerraum nicht auf, sondern rannte weiter durch einen der Regalgänge. Dann stand er vor der schweren Eichentür.
»Dahinter muß es sein«, rief er. Dann hob er den Kopf, schnüffelte in die Luft, beugte sich tief bis fast auf den Boden hinab, hustete, richtete sich auf, kämpfte gegen einen Schwindelanfall und brüllte: »Ich brauche Dynamit!«
»Dynamit, jawohl!« Einer seiner Mitarbeiter spurtete davon, obwohl er sich fragte, ob Rübenach nun wirklich den Verstand verloren habe.

Pepper kniete auf dem Sessel. Er hatte ein Taschentuch auf Nase und Mund gedrückt und versuchte, so flach wie möglich zu atmen. Noch immer suchte er die Wände nach einem Ausweg ab. Von weitem hörte er Stimmen. Er wollte rufen, aber dann schonte er doch lieber seinen Atem. Die roten Schwaden krochen an den Stuhlbeinen herauf. Pepper stellte sich auf die Füße. Sein Kopf war nun dicht unter der Decke, doch länger als zwei oder drei Minuten konnte es wohl nicht mehr dauern, bis er das giftige Zeug einatmen mußte.

Rübezahl rannte auf und ab. »Wo bleibt denn der Kerl?« rief er schon, als der Beamte noch nicht einmal den Raum verlassen hatte.

Frau Scheringer war von ihrem hohen Podest heruntergestiegen. Sie wollte die Polizisten nicht bei ihrer Arbeit stören und ging vorsichtig davon. Sie suchte Peppers Auto. Vielleicht konnte sie sich dort ein wenig ausruhen, bis der Detektiv kam und sie nach Hause fuhr.
Die Alte war müde. In der Hand hielt sie noch immer den Papiersack mit Zement, den sie gerade nochmals auf Frédéric hatte hinunterplumpsen lassen wollen, weil der Gangster schon wieder den Kopf gehoben hatte. Angst hatte Frau Scheringer nicht mehr. Jetzt waren ja überall Polizisten. Und so bemerkte

sie auch nicht, daß sie langsam in immer dunklere Gefilde geriet. Plötzlich wurde ihr bewußt, daß ringsum kein Mensch mehr zu sehen war. Sie blieb stehen und überlegte, ob sie sich verlaufen hatte. Am besten war es wohl, zu dem Backsteinhaus zurückzugehen. Sie kehrte um und erstarrte. Nur wenige Meter vor ihr bewegte sich plötzlich der Boden. Ein dickes Brett begann sich zu heben. Der Mond schien hell darauf, und deshalb wirkte die Bewegung besonders unnatürlich und geheimnisvoll. Dann erschien ein Gesicht. Frau Scheringer blieb vor Schreck fast das Herz stehen. Sie dachte kurz, daß in einem solchen Fall eigentlich eine Ohnmacht angemessen wäre, aber dann ging sie doch auf das Gesicht zu.

Zwei sehnige Arme stießen das Brett nun ganz zur Seite, und langsam stieg die Gestalt herauf. Frau Scheringer sah die langen Haare, den schmalen Kopf und dann die Narbe im Gesicht. Ohne zu überlegen, schwang sie den Zementsack über den Kopf und ließ ihn auf den Mann in der Grube niedersausen. Eine weiße Wolke stäubte auf.

Sie stieß einen schrillen, hohen und lauten Schrei aus; sie schrie, bis ihr die Luft wegblieb, und nachdem sie schnell eingeatmet hatte, ließ sie einen zweiten, ebenso durchdringenden Schrei hören. Aber da war sie schon von Polizisten umringt, die den Mann aus der Grube herauszerrten.

Handschellen klickten. Zwei Polizisten turnten in die Grube hinab. Sie kamen in einen feuchten, unterirdischen Gang, der mit elektrischem Licht versehen war. Alle zehn Meter baumelte eine nackte Birne an einer Elektroleitung, die sich lose an der Decke entlangzog.

Nach sieben Lampenbirnen stieg der Gang an. Nach der achten erreichten sie eine Treppe. Dann standen sie vor einer Tür und stießen sie auf.

Im gleichen Augenblick erschütterte eine Detonation die Luft. Die beiden Beamten wurden zurückgeworfen, stürzten die Stufen hinunter.

Rote Wolken quollen von oben herab.

Obwohl Pepper die Geräusche an der Tür gehört und deshalb mit der Sprengung gerechnet hatte, konnte er sich auf seinem wackeligen Hochstand nicht halten. Er preßte zwar die Hände mit aller Kraft gegen die Decke und versuchte so wie ein lebendiger Keil zwischen Stuhl und Decke zu wirken, aber Rübenach hatte doch etwas zu reichlich Dynamit genommen. Die Druckwelle fegte den Detektiv vom Stuhl. Er hielt unwillkürlich den Atem an, denn er wußte, daß er dort zu Fall kam, wo das Gas noch am dichtesten war. Aber schon Sekunden nach dem harten Aufprall waren zwei Polizeibeamte bei ihm und zerrten ihn zur Tür. Er sah in das Gesicht des Kommissars.
»Danke«, sagte er leise. Und dann: »Verdammt, tun mir meine alten Knochen weh!«
»Das kommt davon«, knurrte Rübezahl, »wenn man auf Extratouren geht. Sie wären um ein Haar vergiftet worden. Und das Narbengesicht ist uns entwischt!«
Pepper war zu müde, um noch etwas zu sagen.
Ein Beamter drängte sich zwischen ihn und Rübenach.
»Wenn Sie erlauben, Herr Kommissar…«
»Ja?«
»Das Narbengesicht ist gefangen.«
»Was? Wie habt ihr denn das gemacht?«
»Mit einem Zementsack!«
»Wie? Sagen Sie bloß, die alte Frau Scheringer…«
Er ließ den Satz in der Luft hängen, wie das sonst nur Peppers Art war.
Der junge Beamte nickte. »Toller Trick!« sagte er.
»Und wo?« fragte Rübenach.
»Hinten, beim Stellwerk zwo.«
»Aber wie kommt sie dahin?« fragte Pepper.
»Sie muß sich verlaufen haben.«
»Und das Narbengesicht?«
»Ein geheimer Gang, Herr Kommissar«, meldete nun ein zweiter Beamter.
»Er führt vom Büro des Narbengesichts bis zu einem Ausstieg

beim Stellwerk zwo – ein kleines Nebenstellwerk, nur so ein Hüttchen.«
»Aha!« sagte Rübezahl, und Zufriedenheit breitete sich auf seinem Gesicht aus.
Dann hob er wieder die Stimme und rief im Befehlston: »Spurensicherung anfordern, alles durchsuchen. Kein Stein bleibt mir auf dem anderen. Ich will über jedes Detail informiert sein, und wenn es noch so winzig ist...« Er schaute auf die Uhr, dann ergänzte er: »Morgen, wenn ich endlich mal wieder geschlafen habe.«

Alles Paletti!

Rübenach kam in dieser Nacht aber nicht ins Bett. Alle paar Augenblicke brachten seine Beamten neue Beweisstücke. Der Kommissar saß übermüdet, aber in bester Laune an seinem überladenen Schreibtisch, trank literweise Kaffee und dirigierte die Einsatzgruppe wie ein Feldherr.
Es gelang noch vor dem Morgen, die Verbindungslinien zu den anderen Tätigkeitsorten der Gangsterbande herzustellen. In Hamburg gingen bei einer Großrazzia im Morgengrauen sechzehn Gangster ins Netz der Polizei; in Bremen waren es vier, in Hannover sieben, in Düsseldorf vierzehn, in Frankfurt fünf und in München sieben. Der Mann, der Pepper niedergeschlagen hatte, wurde zusammen mit dem zweiten Leibwächter in einer alten Schmiedewerkstatt gestellt, die früher einmal dazu gedient hatte, Gleisteile zu reparieren. Die gesamte Organisation des Narbengesichts wurde binnen zwölf Stunden zerschlagen. Ermöglicht wurde dieser große Erfolg der Polizei durch die Genauigkeit, ja durch eine geradezu pedantische Bürokratie des Narbengesichts. Friedrich Meier war ein gründlicher und

ordentlicher Mensch. Jede Kleinigkeit hatte er sich notiert. Und alle Daten hatte er in einen Computer eingegeben, den man in seinem Auto fand. Die Chips, auf denen die Daten gespeichert waren, entdeckten findige Polizeibeamte in einem Geheimfach des Schreibtisches.
Die gleichen Schreibtische fand man auch in allen anderen Zentralen seiner Organisation. Und überall waren die Geheimfächer nach dem gleichen System und am gleichen Platz eingebaut.
Das Narbengesicht hatte sich in seinem eigenen Netz gefangen. Als Rübenach Friedrich Meier diese Tatsache eröffnete, lächelte dieser. »Sobald ich raus bin, muß ich also neu anfangen. Was soll's, es ist eine Herausforderung, Herr Kommissar!«
»Sie kommen nie wieder raus!« prophezeite Rübenach.
»Abwarten«, meinte das Narbengesicht. Und von da an schwieg Meier bis zu seinem Prozeß, der ihm zwanzig Jahre Gefängnis einbrachte.

Am Morgen nach der denkwürdigen Polizeiaktion ließ sich Pepper beim Oberstaatsanwalt melden. Sie kannten sich aus früherer Zeit, und Pepper wußte, daß der Staatsanwalt, der den seltsamen Namen Paletti trug, ihm wohlgesonnen war.
Paletti bot Pepper eine Zigarre an und bat ihn, Platz zu nehmen. Sie setzten sich in eine gemütliche Sitzecke, und Paletti eröffnete das Gespräch: »Man hat mich schon gewarnt, Sie würden mit einer unerfüllbaren Bitte zu mir kommen.«
»Wenn sie unerfüllbar wäre, hätte ich Ihnen und mir die Zeit gespart, Herr Oberstaatsanwalt.« Pepper holte tief Luft: »Leider gibt es im deutschen Recht ja keine Möglichkeit, Personen, die uns die entscheidenden Hinweise zur Aufklärung eines Verbrechens geben, Straffreiheit zuzusichern.«
»Ganz recht«, erwiderte Paletti, »Sie kennen unsere Gesetze.«
»Trotzdem plädiere ich für eine Ausnahme von der Regel.«
Paletti lächelte. »Hier in diesen vier Wänden können Sie sagen, was Sie wollen. Also?«

Pepper berichtete nun ausführlich über den Werdegang von Petro und Franz, er schilderte Michael als einen eigentlich liebenswerten Kerl und legte auch für Hans, Tom und Steffen, die er gar nicht kannte, ein gutes Wort ein.
»Sie meinen also, ich soll die Straftaten dieser jungen Leute gar nicht verfolgen?«
»Tja, das wäre natürlich das Beste.«
»Also, Herr Pepper!« Es klang entrüstet.
Der Detektiv sah den Oberstaatsanwalt an und hob resignierend die Schultern. Paletti war Beamter – natürlich mußte er ablehnen.
»Also, Herr Pepper«, sagte der Oberstaatsanwalt Paletti, »Sie wissen, daß es unmöglich ist, aber ich will versuchen, dem, was Sie mir erzählt haben, Rechnung zu tragen.«
»Und was bedeutet das?« wollte Pepper wissen.
»Ich kann Strafen verlangen, die nicht so weh tun. Arbeit im sozialen Dienst zum Beispiel.«
Pepper hob erstaunt den Kopf und sah in Palettis Augen, die von einer Unzahl lustiger Lachfältchen umgeben waren.
»Na, so was«, meinte er.
»An Straffreiheit wäre schon deshalb nicht zu denken, weil ich alle Taten auf den Richtertisch bringen muß, um Gonzales seine Verbrechen nachzuweisen. Ich brauche die Jungen als Zeugen.«
»Daran habe ich nicht gedacht«, sagte Pepper, »man merkt, daß ich kein Polizist mehr bin.«
»Schade, daß Sie nicht im Polizeidienst geblieben sind«, sagte der Oberstaatsanwalt. »Leute wie Sie fehlen uns.«
»Na, jetzt würde es auch nichts mehr nützen«, antwortete Pepper lachend. »Ich würde sowieso bald in Pension gehen.«
»Da haben Sie natürlich auch wieder recht.«
Sie plauderten noch eine Weile angeregt, wobei beide es vermieden, noch einmal auf das eigentliche Thema von Peppers Besuch zu kommen.
Als Paul Pepper die breite Freitreppe vor dem Gerichtsge-

bäude hinunterschritt, pfiff er laut vor sich hin. Er hatte gerade die letzte Stufe erreicht, als er hinter sich Rübenachs Stimme hörte. »He, Pepper!«
Der Detektiv wandte sich um. »Ja?«
Rübezahl kam die Treppe herunter und musterte Pepper finster. »Sie waren beim Oberstaatsanwalt, hat man mir zugetragen!«
»Stimmt.«
Rübezahl konnte freilich nicht lange ernst bleiben. Er schlug dem alten Rivalen fast freundschaftlich auf die Schulter. »Keine Sorge. Ich war heute früh schon bei Paletti!«
»Und?« Pepper fing sich nur langsam wieder.
»Sie können den kleinen Gaunern bestellen, auch von mir aus gesehen sei alles paletti – so sagen die doch, wenn alles in Ordnung ist, oder?«
Rübenach ging fröhlich weiter. Er nahm das Lied auf, das zuvor Pepper gepfiffen hatte, und pfiff es nun selbst, zwar falsch, aber laut.
Pepper sah ihm nach und murmelte: »Dieser alte Halunke!«

Am Abend saßen sie alle in Peppers Salonwagen: Pit, Arnica, Jonny, die Alte, Michael und Franz. Petro lag noch in der Klinik, hatte aber schon erfahren, daß es diesmal beim Gerichtsverfahren wohl glimpflich für ihn abgehen würde.
Pepper sang zu seiner Gitarre, aber es wollte keine richtige Stimmung aufkommen.
»Was habt ihr denn?« fragte er. »Ihr seid alle so ruhig.«
»Eigentlich war es unser Fall«, sagte Jonny. »Sie haben uns rausgedrängt.«
»Ja«, rief Arnica, »das war gemein!«
»Na, erlaube mal«, ereiferte sich Pepper, »gemein findet ihr das, wenn ich euch nicht dem Giftgas ausliefere, sondern mich selbst? Wißt ihr eigentlich, daß ihr samt und sonders noch gar nicht die nötige Körpergröße gehabt hättet, um auf dem Schreibtischstuhl zu überleben?«

Jetzt wurden die anderen doch ein bißchen ruhiger.
Frau Scheringer legte ihr Strickzeug aus der Hand. »Es gibt ja auch noch ein paar andere interessante Dinge außer Detektivspielen.«
Pit mußte lachen. »Wissen Sie noch, was Sie am letzten Freitag zu mir gesagt haben? Das ist noch keine Woche her!«
»Na, was soll ich da gesagt haben?«
Pit zitierte: »›Nun spielt ihr doch jahraus, jahrein Detektiv – jetzt könnt ihr mal zeigen, was in euch steckt!‹«
»Ach so, ja«, sagte die Alte mit unschuldsvoller Miene, »und Jonny hat geantwortet« – sie ahmte jetzt Jonnys Stimme und Tonfall nach – »›Aber Sie sind doch die Oberdetektivin!‹«
Frau Scheringer lächelte einen nach dem anderen in der Runde an. »Und das stimmt ja dann wohl auch, nicht wahr? Wer hat das Narbengesicht gefangen? Der große Paul Pepper? Herr Hauptkommissar Rübenach? Nun?«
»Um Gottes willen«, rief Paul Pepper, »bleiben Sie auf dem Boden, Alte!«
Sie wiegte ihren Kopf hin und her. »Tja, ich habe mir ernsthaft überlegt, ob ich meinen Kiosk nicht schließen sollte.«
»Und dann?« fragten Pit, Jonny und Arnica wie aus einem Mund.
»Dann könnte ich ein eigenes Detektivbüro aufmachen!«

Der Mann hatte eine eigenartige Sprechweise. Er rollte die Worte gleichsam im Mund umher und zog jeden langen Vokal noch mehr in die Länge.
Er könnte aus Mississippi sein, dachte Bob, oder vielleicht aus Alabama. Er war noch niemandem aus diesen Staaten begegnet, aber der Mann sprach genau wie die Darsteller im Fernsehen, wenn sie Südstaatler spielten.
»Ja, stimmt«, bestätigte Justus. »Was kann ich für Sie tun?«
»Ich weiß auch«, fuhr der Mann fort, »daß Sie so eine Art Privatdetektiv sind.«
»Das sind wir alle drei. Wir sind die ...« wollte Justus erklären.
»Dann sind Sie vielleicht daran interessiert, einen Fall zu übernehmen. Ich bin bereit, Ihnen hundert Dollar dafür zu bezahlen, wenn Sie den vermißten Wal finden und ins Meer zurückbringen.«
»Hundert Dollar!« Bob glaubte sich verhört zu haben.
»Wollen Sie den Fall übernehmen?«
»Sehr gern«, antwortete Justus. Er griff nach Notizblock und Stift. »Wenn Sie mir nun Namen und Telefon ...«
»Schon gut«, unterbrach ihn der Mann. »Dann machen Sie sich bitte unverzüglich an die Arbeit, und übermorgen rufe ich wieder an.«
»Aber ...« setzte Justus noch an. Im Lautsprecher klickte es scharf. Der Anrufer hatte aufgelegt.
»Hundert Dollar!« wiederholte Bob. Obwohl die drei ??? schon für zahlreiche Auftraggeber interessante Fälle gelöst hatten, waren ihnen noch niemals hundert Dollar für ihren Einsatz geboten worden.
Justus legte langsam den Hörer auf. Der Anruf beschäftigte ihn offensichtlich.
»Da ruft ein Mann an und bietet uns eine Belohnung an«, sagte er. »Aber seinen Namen will er nicht nennen. Er sagt auch nicht, wie er an unsere Telefonnummer kam. Aber er weiß, daß wir heute früh bei ›Ocean World‹ waren ...

Frau Scheringers
Kiosk
Bungalows
hier wohnen
Arnica
und
Jonny
Hochhaus in
dem Pit wohnt
Verkehrsstrasse
Nussbaum
Nussbaum